網路小
Novel@N
106
低空飛翔的愛情
高空飛翔的愛情，總是容易孤單，
因為飛得太高，以致於看不清幸福的模樣。
低空飛翔的愛情，卻常會遇見幸福，
因為幸福常常就在你我身邊盤旋著。
網路達人
Sunry 著

○○作者序○○

沉寂後的驚蟄

對我來說，寫序一向是很頭痛的事，總覺得寫序比說故事難好多，但如果不寫，又好像對這些日子來，一直問著「Sunry 去哪裡了」的讀者們不好交代，那麼，就當是寫一封信吧，我對自己這樣說。

二〇〇五年六月，《18℃的眷戀》出版後不久，在一次身體不適的檢查中，發現我身上居然長了一顆直徑八公分大的腫瘤，檢查時超音波師一直問我難道都不會痛嗎，我只是一個勁地搖頭，以我粗線條的程度，會感覺到痛才神奇。

本來要立即動手術切除的，但當時出版社已經排定幾場讀者見面會，因此我決定延後動刀的時間，跑完預定的行程。在腫瘤的追蹤過程中，癌細胞指數一度攀高，那時我才開始感到害怕，擔心自己的人生是不是就要畫下休止符了。

直到所有工作結束後，我才跟醫生敲定手術的日子。老實說，直到進開刀房之前，除了癌細胞指數攀高那一次令我深感憂慮之外，其他時候，我竟然都還可以傻傻地笑著告訴別人說：「就是長腫瘤啊，八公分耶，很大吧！」那時的我並不知道事情的嚴重性。

被推進開刀房前，我才知道，原來我要進行的是項大手術，必須全身麻醉，術後還得住院觀察。那一刻，害怕的感覺急速加劇；躺在開刀房裡，心情很紛亂，擔心自己不能再走出來說故事給大家聽，又擔心萬一雖然保住了生命，卻變成植物人，那要怎麼辦。

然後在手術台上，我靜靜地掉著淚，心裡一遍又一遍回想最初創作的心情，收到讀者鼓勵的感動，再到後來作品出版的喜悅，以及出版社成立了「網夢達人」的概念形象，然後與支持我們的讀者見面時的快樂，這一切都是在我出書前完全想像不到的。也許，這就是人生，因為無法預測，所以充滿驚奇。

我想到在我所有出版的作品裡頭，除了《遇見你》是以比較輕鬆的文字呈現之外，其他作品的文字內容好像都顯得沉重了些。我一向很佩服能把故事寫得讓人笑到噴飯的作者，我試過好幾次，但總是沒能成功，於是有朋友對我說：「人家的搞笑是渾然天成，妳，大概沒這個能耐吧！」

在即將進行手術麻醉的前一分鐘，我想的是，如果還有可能，在我的人生中，一定要出版一本比較愉快的愛情小說，這個世界已經太沉悶，我們需要的，是開懷大笑的那種快感。

於是，編輯告知決定出版《低空飛翔的愛情》，我也欣然同意，正是因為這部作品不沉重，而且比起先前的創作輕快許多，也算是我寫作歷程中的一種嘗試。

如果這本小說能讓你會心一笑，那我要謝謝你欣賞我的幽默感（雖然大多時候我說的笑話都很冷）；如果這本小說還是讓你掉淚了，那我可能會哭得比誰都傷心，因爲那表示，我、又、失、敗、了！

但無論如何，我還是要感謝不斷關心著「Sunry什麼時候會再出書」的你們，謝謝大家的關心，Sunry一直都在，始終都沒有離開，只是休息了長長的一段時間，變成一個早睡早起的乖寶寶。不過，休息是爲了走更長的路，對不對？所以休息過後的Sunry，又要開始努力說故事給大家聽囉，希望這本小說，你們會喜歡。

Sunry 於寒風冷冽的二月府城

01

鬧鐘叮叮噹噹地響了起來，我翻了個身，伸手按掉鬧鈴，迷迷糊糊地又快睡著時……

啊！小考！

天啊！我今天有個重要的小考。

這下我可是完全清醒了。

跳下床後，我火速奔向浴室。刷牙、洗臉、沖澡、穿衣服、拿背包、穿襪子、穿鞋子、出門。這是我每天的例行公式。

已經升上大三的我，目前身價正處於平盤的位置，再九個月，我就要變成乏人問津的跌停板了。

我一直很安分地過生活，安安分分地上課、安安分分地吃飯、安安分分地走路、安安分分地微笑，連談戀愛都是安安分分的，沒有太驚天動地的曲折起伏，沒有過多的熱情及依賴。所以，我的戀情壽命總是不長，前男友們離開我的原因都是「太平淡了，淡得像白開水一樣，貧乏無味」。

愛情離開時，我從來沒哭過，頂多只會默默難過，像是一種等待落空的失落感，濃濃的，卻還不至於掉淚。

也許因爲過往的戀情總是無疾而終，所以現在我並不急著談戀愛，只想平靜安穩地過完剩下一年多的大學生活，順順利利地畢業，然後，找份好工作。

這是我目前最大的希望。

談戀愛？只是勞神傷身而已。

我想，我大概不太適合去愛人，因爲那太沉重太累人了，而我向來是個懶惰得凡事只求簡單就好的人。

匆匆忙忙趕到教室，上課鐘已經響過，幸好老師還沒到。

我坐在座位上，大口大口地喘著氣。年紀大的壞處可眞不少，只是跑了一小段路，居然喘成這樣，體力眞是大不如前了，想當年……算了，當年也沒什麼好炫耀的。

環顧四周，整間教室都坐得滿滿的。

這門課的老師，是學校裡有名的大當舖，他的課沒人敢缺席。開學時他就對我們撂下狠話，說他不是慈悲爲懷型的老師，他上課一定點名，第一次點名不到扣十分，第二次點名不到再扣二十分，第三次點名不到就死當。考試則是不分大小考，只要缺考一次，就準備重修吧！

所以他的課我完全不敢大意，就算是用爬的，也一定不能缺席。

考試題目並不難，這位殺手老師倒也不是那麼心狠手辣，他不會出一些存心刁難學生的艱澀考題，只要上課認眞聽講，並且勤做筆記，回去用心複習筆記內容，將上課範圍融會貫通，包準成績會和努力成正比。

這份考卷我寫得還滿順手的。

考完試，我背起背包，打算再回宿舍去睡回籠覺。接下來我有兩堂空堂，之後才會有課。

這就是爲什麼我特別喜歡星期二，因爲多出的這兩堂空堂，我可以做很多事，諸如睡覺、找報告資料、逛街、跟同學打屁。

我背著背包，嘴裡哼著不成調的曲子，腳步輕盈地走出商學館，踩在通往校門口的大道上。

「學妹！學妹！」我聽見後頭有腳步聲由遠而近。「學妹，江季曦學妹！」

咦？是在叫我嗎？

我停下腳步，轉過身。

「喔，學長啊，什麼事？」看見眼前的人，我下意識露出一號敷衍表情。

「妳要、妳要去哪裡？」阿澈學長邊喘著氣邊問。

阿澈是電機系研一的學長，我們的認識過程很特別。

第一次是在福利社，那時他和我爲了搶只剩一碗的統一鮮蝦麵而僵持了一陣子，基於男性的風度和禮貌，學長最後大方地把泡麵讓給了我。

第二次是在圖書館，我們又爲了一本《胡雪巖傳》陷入爭奪。我晚了他幾秒看到那本書，正要伸出手時，學長已經從櫃子上把書取下了，不過，後來他還是把書讓給我了。

第三次，是在電算中心，我抱了一堆資料，準備再上網去查一些關於「國際行銷策略」這堂課的報告資料。一走進去，才發現裡頭已經沒有空位了，最後一個空位，正巧被早我一步進來的阿澈學長佔去。那一次，學長仍然很好心地把位置給了我。

我就這樣和學長認識了。

後來，他不知道從哪裡探聽到我的名字，於是他有時候會叫我學妹，有時會直呼我的名字。

「回宿舍。」我回答他。

「這麼早回宿舍不會無聊嗎？我們去看電影好不好？我請妳。」阿澈學長的白牙在陽光下閃閃發亮。

我搖搖頭。睡覺可比看電影重要多了。對我來說，睡覺才是人生最大的享受。

「嗯，不然我們去喝咖啡，我請客。」學長的臉因我的拒絕而黯淡了一下，但下一刻就又重新亮出光彩。

我還是搖頭。我討厭黑壓壓的東西。

「下次吧，學長。」我朝他揮揮手，掉頭又繼續往校門口的方向走。

「那我送妳回去！」阿澈學長又追上來，在我身邊說著。

「隨便。」我不冷不熱地應著，反正依阿澈學長的個性，拒絕也是沒有用的。有時候我真的懷疑他是不是從外太空來的，所以總聽不懂地球人說的話。

然後，學長好像很滿意似地扯著笑。

「學妹，妳有沒有男朋友啊？」走著走著，阿澈學長突然問道。

「很久以前有。」我口氣淡淡的，沒有什麼特別的起伏。

愛情的降臨或遠離，對我來說，不過是身旁多個人或少個人而已，我很明白，很多事強求不來，尤其是愛情。

「那現在呢？現在呢？」學長有點激動。

現在當然嘛沒有！學長也真是的，話都不會聽！

「沒。」我哼著。談戀愛？哼，勞民傷財。

「喔！」學長悶著嘴在笑，那笑容看起來似乎有點不懷好意。

我沒理他，腳步加快了些，這樣才能早點回到宿舍，然後多睡一會兒。

「學妹，我們去約會，好不好？」大約過了兩分鐘，在我終於走出校門口時，學長突然丟出這句話。

愛情

不談戀愛，是因為不想被過多的愛束縛了。

「啊？你說什麼？」我再一次停下腳步，轉過頭去，瞪著他。

「約會啊！看是一起去吃飯或看電影、逛街。」阿澈學長還是笑。

「爲什麼？」

「因爲……因爲我想追妳。」學長露出害羞的表情，白淨的臉微微地漲紅著。

他瘋了嗎？追一個大三的老女人？

學校裡大一、大二的漂亮學妹那麼多他不要，要來追我這個身價直墜的大三生？

「不要！」幾秒鐘後，我態度堅決地說出我的答案。

「啊？」阿澈學長像是一時反應不過來，瞪大眼，呆楞地望著我。

我拉了拉背包的帶子，重新邁開腳步往前走。

「爲什麼？」學長在幾秒鐘後又追上來。

我沒理他，也沒再停下來。

「爲什麼？」學長稍微使力地拉住我的手臂，強迫我停下來。

煩不煩啊？這個人！

我沒好氣地瞪著他，他也瞪著我。

學長有張白淨秀氣的臉、清亮有神的大眼、透著紅潤色澤的薄唇、直挺的鼻梁，這樣的組合不能說不好，畢竟那應該是很多女生夢寐以求的絕美臉龐。

可是，他這樣的長相只讓我覺得娘娘腔，再加上我討厭男生膚色不夠黑，我會想到白斬雞。

也因爲我個人的偏好，以前和我交往過的男生，膚色都是麥芽色的，不管怎麼看，都比白斬雞來得健康多了。

「我對你沒感覺。」我直接了當地表明立場。

「感情是可以培養的。」他回我。

「我喜歡自己一個人過生活。」我又隨便塞給他一個理由。

談戀愛多辛苦啊！會變得愛哭、神經質、患得患失，動不動就猜忌懷疑，變得魂不守舍又呆頭呆腦的，變得再也不像原來的自己。

雖然戀愛是種熱門又受歡迎的疾病，每個人都想被傳染，但我就是不想隨隨便便被感染，然後淪陷在那些症狀中。

我一直很喜歡「寧缺勿濫」這句成語，不是我愛的那個人，我寧願寂寞點，也不要隨便就找人填補生活中的空缺。孤單一點也沒關係，我不怕一個人過日子。

「唉唷，一個人過生活多孤單啊！我陪妳一起，兩個人才有伴嘛！」阿澈學長一臉討好的表情。

「我個性不好、脾氣大，以前的男朋友都說我像白開水，乏味得要命，而且我生性懶惰，房間老是一團亂，常常要別人替我打掃。又愛鬧彆扭，小氣得要命，而且……」

「學妹！」他打斷我的胡言亂語，「妳別那麼激動，學長了解，學長什麼都了解。」

我……

「妳可能是太高興了才故意這樣說，妳是想測試我對妳的眞心吧？」學長笑得彎彎的眼，正閃閃發亮著。

我確定……

「沒關係，都沒關係，即使妳脾氣壞，人長得也沒漂亮到哪裡去，我還是不會介意的。」

我確定我眞的想……

「學長的懷抱會收留妳的，想想看，妳年紀這樣大了，再不找個人收留妳，等到大四的時候，妳一定會更可憐，我不想看到妳變成棄婦的哀怨模樣。」

我確定我眞的想殺、了、他。

我甩開他的手，又大步往前走。

神經病、自戀狂、花痴、白斬雞……每走一步，我就在心裡罵他一句。

「學妹、學妹！妳還沒答覆我耶！」陰魂不散的學長又追上來。

我憤怒地、殺氣騰騰地停下腳步，轉身，用力瞪著他。

「不、要、惹、我。」我咬牙切齒，一字一字地用力說完。

「哇啊……好凶喔！學妹。」阿澈誇張地大叫，邊叫還邊拍著胸口，「夠潑辣！不錯。」

然後，他的嘴角向上揚起四十五度角。

這個人是不是有病啊！被虐狂嗎？對！一定是的。我長到這麼大，從來沒遇過像他這麼白目的人。

他的厚臉皮行徑惹得我怒火高漲，還把我體內潛藏的野性給召喚出來了！

「你別來煩我，我不喜歡你，要追我，門都沒有！」撂下這句話，我馬上轉身又往宿舍的方向走去。

「江季曦，我明天去接妳上課。」走了幾步，我聽見阿澈學長喊著。聲音大到校門口方圓五十公尺內的人都能聽見。

丟臉、丟臉、好丟臉！我這輩子從來沒這麼丟臉過。

我不經意瞥見許多人都往我們這個方向看過來，像是在看什麼奇觀似的。

如果現在有一把鏟子，我一定馬上挖一個洞，然後把阿澈學長踹下去，再把洞口堵起來，讓他一個人在地洞裡鬼吼鬼叫，好過他在校門口害我陪他丟臉！

頂著還沒完全清醒的頭腦走出宿舍大門的那一刻，呈現在我眼前的景象，簡直讓我想當場咬舌自盡。

「學、學、學長……」我結結巴巴的，瞪大眼看著阿澈。

阿澈學長開了輛綠色的小March，停在宿舍門口。一看見我，他馬上從車內走出來，手上還捧著一束鮮紅豔麗的玫瑰花。

在陽光下，那樣的鮮紅色格外醒目。

我住的地方和學校只隔了一條街，而且這條街上住了很多同校的學生，每到早晨上課時間，街上就會出現成群的學生。

這會兒，大家都好奇地朝我們這邊看來了。

其中當然也有幾個我認識的同學、學長姊及學弟妹。

阿澈學長抱著花，臉上堆滿令我雞皮疙瘩掉滿地的笑，一步一步朝我走來。

「學妹，我來接妳上課了。」學長邊走邊說。

我打了一個冷顫，感覺全身的寒毛都立正站好了。

「站、站住！你不要動！」我用力伸出五指張開的左手，示意他別再往前進。

「怎麼了？」學長果然聽話地站住腳，滿臉疑問地望著我。

「你轉過身去。」我突然心生一計。

「為什麼？」他問。

「你不要問，轉過身去就對了。」我氣急敗壞地說著，四周圍那一對對看熱鬧的眼睛，已經逼得我忘記該維持高雅文靜的氣質。

你們別再看了，我跟他真的沒什麼！

「喔！」學長看我那麼堅持，只好乖乖轉過身，「那要不要閉上眼睛啊？」

我差點把手上的經濟學原文書往他頭上砸下去。閉上眼睛做什麼？你以為我要親你嗎？

「隨你便。」說完，我拔腿就跑。

我要趕快逃離事發現場，逃離那一雙雙看熱鬧的眼睛。

我使命地跑，這輩子從來沒這麼奮力跑過，彷彿背後有隻張著血盆大口的怪獸追著我一樣。

我一口氣跑進了校園裡，這一路上，學長並沒有追過來。

在奔跑的過程中，我一直不敢回頭探看，怕這一回頭便會發現學長正在我後頭追趕著，所以我只能沒命似地跑，能跑多快就跑多快。

愛情

不要為難我，強求的愛是不會幸福的。

03

第二節下課，那束紅玫瑰又出現了。

阿澈學長的臉藏在那一叢赤紅後面，看見我時，仍嘻嘻地笑著，彷彿早上那件事絲毫沒有惹惱他。

我悶著氣，和學長站在走道上僵持著，並不打算收下那束花。

這個笨蛋學長看不出來我在生氣嗎？居然還不快把花從我面前拿走。

「季曦。」學長用著噁心巴拉的口氣叫我，尾音還故意拉高拖長，「收下嘛！這是我一早去花店買的耶，很新鮮的。」

「不要！」我斷然拒絕。

就在我們對峙的當下，教室裡那群「八卦幫」的同學們，一個一個圍了過來。

眞的是……要把我氣死了！是誰派這個白痴來毀我名節的？剩下的一年多，我還想在學校好好讀書，然後畢業，順利找到工作，而不是在這邊，跟一個自己不喜歡的人大玩戀愛遊戲。

還弄得人盡皆知！

「唉唷，別客氣嘛，這本來就是要送妳的啊！」

「不要！」

「不要拒絕我嘛！」

「不要、不要！」

「妳看看，好美耶！又鮮艷又新鮮，花瓣上面還有露珠喔！」

「拿開啦！我不要！」我氣呼呼的，學長已經把我的耐性都耗光了。

「學妹……」學長裝出可憐兮兮的聲音。

「季曦，收下啦！學長好可憐喔！」不知道哪個笨蛋同學突然插嘴。

「對嘛對嘛！」學長猛點頭。

「讓一個大男生抱一束花走在校園裡，要有很大的勇氣耶！學長已經很勇敢了，妳就不要拒絕啦！」

「別那麼冷漠嘛！」

「而且學長對妳很好耶！」

「唉唷！季曦……」

同學們七嘴八舌地群起圍攻我，學長則在他們的助攻之下，拚命點著頭。如果他的頭因此而掉下來，我也一點都不會驚訝的。

什麼嘛！這群同學！我終於親身體會什麼是「胳臂向外彎」的殘酷，眞搞不懂，到底誰才是他們同學？

現在，學長在我心中的罪狀又多加一條──分裂我和同學們的感情。

「學妹……」學長在我那群「好同學」的眼光支持之下，又鼓起勇氣，再度把花遞到我面前，身體還微微向前彎了四十五度，一副像在舞會邀舞的姿勢。

我眞的、眞的生氣了！

「粱浩澈！」我冷聲而清楚地叫著學長的名字。

「啊？」阿澈學長眨了眨他那雙清亮的黑瞳。

「把你的花拿走，我不要！」

「哇……學妹，妳好凶喔！」學長裝出驚恐萬分的表情，然後他看著站在我四周的同學們，「學弟、學妹，你們也說說她嘛！」

哇靠！他居然在我的地盤討救兵？

「唉唷，季曦，妳就別為難學長了嘛！」

「對啊！他好可憐喔！」

「只是收束花，又不是叫妳去殺人放火。」

「對啊、對啊，妳收下嘛！」

氣死我了！現在就算在心裡問候學長他家祖先八代，也沒有辦法消除我心中的怒火了。

我大大地吸了幾口氣，好把已經衝到嘴邊的話壓下去。

所有人都睜大眼，等著看我的反應。

包括阿澈學長。

「現在……」我面無表情，用著中氣十足的聲音，對學長說：「拿著你的花，立刻滾、離、我、的、視、線！」

每說一個字，我的語氣就加重一些，到最後，我幾乎是用喊的了。

在場的人眼睛都瞪得更大了，大概是沒料到我會這樣說吧。

只有阿澈學長例外。

有一朵微笑，慢慢從他嘴角綻開。

「好啊！」他居然一口答應。

這回，換我瞠目結舌。

「不過，有一個條件是，妳今天要陪我去吃飯！」他得意洋洋地說著，然後咧著嘴笑。

我眞想搶過花束，整個塞進他的嘴裡。

「不要！」我在同學們的期盼眼光下，開口又是拒絕。

「那我就不把花拿走，我要一直一直站在這裡，向全部的人宣告，我要追妳，江季曦。」他說這話的模樣，儼然不知道「羞恥」兩個字怎麼寫。

好你個梁浩澈，居然敢威脅我？

「去不去？」學長瞧我沒說話，又開口問我。

我氣得整個身體都滾燙了起來。

突然，他扯著喉嚨大聲嚷嚷：「我，梁浩澈，要在這裡向大家宣布一件事！我要追江季……」

在他把我的名字完整說出口之前，我趕緊伸手摀住他的嘴。

同一層樓的其他教室裡，紛紛有人探頭，想看看發生了什麼事，還有人乾脆走到走廊上來，我自認丟不起這個臉。

「好、好，我去！我去！」我像隻戰敗的公雞一樣，垂下頭，全身無力。

接著，四周響起一陣歡聲雷動。

我那群沒有同學愛的壞同學們，全都湧向學長，紛紛向他祝賀。

學長搔著頭，笑得眼睛都瞇成一條線了，眼光卻不停地往我這裡飄過來。

這個賴皮的傢伙！好，算你狠，咱們這個樑子可結下了！

你要追得到我，我就跟你姓！

愛情

不要用這種卑劣的手段追求我……

餐廳內，氣氛很好，音樂很好，服務生很周到，餐點很好吃，可是我的臉卻很臭！

坐在我對面的阿澈學長顯然吃得很開心，和我的食不下嚥成了強烈對比。

此刻，我們正坐在牛排館裡，擺在我面前的，是電視廣告裡說「一隻牛只取六塊肉」的高級排餐。

我原本應該要興高采烈地享受美食的，如果此刻坐在我面前的不是阿澈學長的話……

「學妹，妳願意跟我來吃晚餐，我眞的好高興。」學長的眼閃著熠熠的光芒。

我根本是被你逼來的吧？

這個陰魂不散的學長，居然跑去打聽我今天的課，還跑到教室外面等我下課。

本來，我還想趁下課鐘響前先偷溜回宿舍躲起來，讓學長找不到。所以我利用老師轉身去寫黑板的空檔，拿起背包，從教室後門偷溜出去。

想不到居然被學長逮個正著！

他雙手環在胸前，好整以暇地站在教室外等我。

天啊！天啊！天啊！天啊……幾百個「天啊」都無法形容我體內的驚惶！

接著，我就被拉到他的綠色小March旁，然後被推進車裡！

一路上，我就繃著一張臉，直到現在。

「學妹，妳吃得好少喔，怎麼樣？不好吃嗎？」阿澈學長瞥見我動了沒幾口的牛排，關心地問。

就是你害我吃不下的，笨蛋！

我抬起眼，用殺人的眼神瞪著他。

「還是，妳想吃我的？」學長自作多情地把他盤裡的牛排切下一小塊，用叉子將肉叉到我嘴邊。

我鄙夷地看著那塊肉，叫我吃？不可能！然後，我用力撇過頭去。

「吃嘛！學妹。」學長好聲好氣地誘哄我吃他手上的那塊牛肉。

「不要！」我才不要吃你的東西呢！

「妳不吃啊？」

阿澈學長失望地縮回他的手，表情看起來有點可憐。不過，我是絕對不會同情他的，今天會搞成這樣的局面，到底是誰造成的？

「學妹，妳都不吃東西，肚子會餓喔。」

「我不想吃！」是你害我沒有食慾的耶。

「啊？可是這裡的牛排很好吃耶，而且很貴，別浪費嘛。」說著，他又塞了一塊肉到自己嘴裡，還露出那種陶醉其中的表情。

我無言地看著面前的那盤肉，卻還是勾不起任何食慾。

「不然我幫妳把肉切一切，妳只要負責用叉子把肉叉起來吃就好了。」學長說著，便拿起我的刀叉，把我盤裡的肉快速地切割成一小塊一小塊的。

「好了，快吃吧！」阿澈學長大功告成後扯著笑。

好吧，看在他奮力幫我切牛肉的份上，我就勉爲其難地吃個幾塊好了。

只是，剩下的還是比吃掉的多。

吃過晚餐後，阿澈學長又邀我去看電影。

「你不是說只要吃晚餐就好了？」我顧不得形象，站在大馬路邊，開口就對著他吼了起來。

「可是，吃飯跟看電影本來就是一套的……」他眼神無辜地閃著。

「什麼一套的？哪有這種說法？」我的情緒再度失控。眞是的，這人怎麼這麼容易惹得我滿腔怒氣？

「電視上、小說裡都是這樣啊！吃完飯後就去看場電影，這是固定的模式，不是嗎？」他把罪全推給電視跟小說。

「那是假的，是爲了要騙觀眾、要延長劇情、要騙稿費的卑劣手法！」

「那、那不然，我們丟銅板來決定好了，如果是人頭，我們就去看電影；如果不是，那就算了。」學長提議著。

「不要！爲什麼我要配合你？」我的牛脾氣發作了。事實上，我是怕他眞的丟到人頭。

「好啦好啦，妳就別拒絕我嘛。」阿澈學長邊說，邊往牛仔褲裡掏，試著要找出個硬幣來。

後來，我們當然是沒去看電影了，不是因爲他丟到有字的那一面，而是因爲那個笨蛋丟錢幣不好好丟，居然想學劉德華耍帥，結果錢幣高高拋出去之後，沒接好，掉進路旁的水溝裡。

賠了夫人又折兵，這句成語說的，大概就是學長現在這種狀況吧！

於是，回家的途中，換成是他繃著一張臉，而我卻是高興得臉上始終都掛著淡淡淺淺的笑。

哈哈！老天偶爾也是會公平的！

我開始相信，人，是生而平等的了。

05

我躲在浴室裡，用力搓著身體。如果可以這樣就搓掉霉氣的話，那麼，就算要我搓一整天，我都不會喊累。

搓掉霉氣，阿澈學長應該就不會出現了吧？

神啊！如果祢真的存在，那麼我從這一刻、這一秒起，會認真誠懇地信奉祢，只求祢把學長驅離我的世界。

才走出浴室，我房裡電話就乍然響起，於是我走過去拿起話筒。

「喂，學妹。」阿澈學長的聲音，很有活力地從電話那頭傳來。

神啊，祢果然是不存在的！

「你怎麼知道我的電話？」這個瘟神怎麼無所不在？

「喔！我去問妳同學的。」學長得意洋洋。

天哪！我到底是交到了什麼樣的「好同學」呢？明天我一定要找系祕書申請轉班！

「要幹麼？」我沒好氣地問。

「學妹，妳媽沒教妳什麼是溫柔嗎？」

眞是對不起啊！我媽說，對自己討厭的人溫柔，就是對自己殘忍。

「溫柔的女生最惹人疼愛了。」阿澈學長自顧自地說著，「不過，我比較喜歡潑辣的，像妳一樣！」

哇哩咧……

「你打電話來就是要跟我說這個？」我口氣冷得像塊冰。

「當然不是，我是要跟妳報平安的。我安全到家了。我怕妳會擔心。」

「關我什麼事啊？」我吼著。就算你半途撞到電線桿，或被搶匪綁架，也不關我的事！

「學妹，妳好沒愛心喔，都不管我的死活。」學長又露出那種可憐得要命的口吻。

你又不是我的誰，我管你的死活幹麼？

「還有其他的事嗎？」我不耐煩地問著，因爲跟他多耗一秒鐘，我的腦細胞就會多死幾百萬個。

「沒了。」

「好吧，那我掛電話了。」我的語氣裡依然沒有半點溫度。

「等一下、等一下啦！」電話那頭傳來著急的聲音。

「又怎麼啦？」我要失去耐心了喔。

「我明天去接妳上課。」

拜託！又來了。

「不用了，我的腳還會動，沒有殘廢，我可以自己去上課，不勞你費心了，再見！」說完，我用力摔下電話。

眞是的，再這樣下去，我一定會提早前去見閻王爺。

我氣呼呼地站起身，準備去倒杯冰開水，好稍稍澆熄體內熊熊燃燒的怒火時，一抬頭，發現靜雅學姊和文怡學妹正站在我房間門口，探頭進來張望。

她們一臉驚疑，像是我臉上長了什麼天花痲子一樣。

「怎麼了？」我下意識摸摸自己的臉，嗯，很好啊，連青春痘也沒多出一顆啊！

「學妹，妳……聽說妳談戀愛了？」靜雅學姊眼中閃著狗仔隊挖到頭條新聞般的燦爛光芒。

「沒……」

我正要開口否認，學妹馬上打斷我。「聽說是電機系的學長？」

「沒有啦！妳們聽誰說的？」正所謂謠言止於智者，這個世界上，愚者果然比智者多很多。

「學妹！」學姊慢慢逼近我，臉上的笑像水面上的漣漪，迅速地漾開來，「眞看不出來耶，聽說人家還追妳追到我們宿舍樓下來了。」

「而且還抱了一大束花喔！」學妹好事地補充著。

「說給我們聽嘛！我們都很好奇耶。」學姊開始發揮她好奇寶寶的本性。

她沒去當八卦雜誌的記者眞是太浪費了！

「對嘛！學姊，妳說嘛。」學妹不忘替靜雅學姊幫腔。

「我跟那個人眞的沒什麼啦！」那個笨蛋學長倒是挺會替我製造麻煩的。

「唉唷！妳就說一下嘛，我不會說出去的啦！」學姊拍胸脯掛保證。

我才不相信！

靜雅學姊最大嘴巴了，每次跟她說什麼，她都會一面保證「我的嘴最小了，什麼祕密都守得住」，一面又四處逢人就說，說完還不忘加上一句「別說出去喔！這件事我只告訴你一個人」，結果搞到最後，一個私人的小祕密，往往會變成人盡皆知的趣聞。

「我也不會說出去的。」文怡學妹何時變成應聲蟲了？

「到底是誰告訴妳們的？」我咬牙恨恨地問著。

有人說「怒不遷三」，是說不要遷怒給無辜的第三者。可是氣頭上的我，早已經沒有容忍的雅量，也顧不了那麼多了。

「對、對面早餐店的小麗姊……」學姊大概是被我的口氣嚇到，回答得戰戰兢兢。學妹更是噤若寒蟬，大氣都不敢喘一聲。

小麗姊是宿舍對面早餐店的老闆娘，同樣八卦不落人後，我想我的聲譽早晚有一天也會毀在她的手裡。

看來，小麗姊跟阿澈學長都是我命中的剋星。

我無奈地看著學姊和學妹，重重嘆了一口氣，也許，明天我該到文具行去一趟，然後買一捲膠帶，送給小麗姊……

愛情

流言的殺傷力是很可怕的。

06

我從圖書館走出來，手上抱著兩本剛借的散文集。

天空正下著綿綿密密的雨，整個世界都籠罩在一片白皚皚的雲油雨霈中。

我站在圖書館大樓外，望著那一線線從天而降的雨絲。

怎麼辦？我沒帶傘。

昨晚看氣象報告，明明還一直提醒自己要帶傘的，怎麼早上就忘了？我又發現另一個年紀大的壞處了——記憶力會變差。難怪有一堆老人家老愛提「想當年」。

正當我站在圖書館大樓前唉聲嘆氣，有個熟悉的聲音飄來，「學妹，沒帶傘啊？」

天哪，陰魂不散的阿澈學長，這會兒不知道又從哪裡冒出來了！

我懷疑他可能趁我不注意時，在我身上裝了跟蹤器，才會老是「好巧」地出現在我面前。

「來來來，我送妳回去。」說著，學長便走近我，伸手過來要拉我。

「不要！」我毅然決然地拒絕，拚命閃躲他的狼爪。

「妳不是要回宿舍嗎？別客氣、別客氣，一起撐傘嘛！反正我的傘很大，保證不會讓妳淋濕任何一根頭髮的，來啦！別裝害羞了。」

誰、誰跟你裝害羞了？

「不用了！我、我、我在等人！」我胡掰出一個藉口。

「等人喔？嗯，那不然我陪妳等好了。」說完，他眞的收起傘，站到我身邊，一臉笑嘻嘻的。「一個人等一定很無聊吧？我來陪妳等，順便陪妳說說話，解解悶。」

可惡，別再靠近我了，瘟神！誰要你幫我解悶了，看到你，我只會更悶而已。

我下意識挪開身子，讓自己離他遠一點。

「學妹，妳那是什麼眼神？」阿澈學長把臉移到和我的臉只有幾吋距離的正前方，認眞仔細地看著我的眼睛。

聽過嗎？有人說，眼睛是全身上下最不會說謊的地方，而我的眼睛剛剛不小心對學長洩露了我的不屑、無奈、鄙夷、憤怒、厭惡……

「學長，我……」本來我應該大聲地對他說：「對！我就是討厭你，怎樣？」可是那一刻，不知道爲什麼，我卻覺得自己不能這樣傷害他，畢竟他的心也是肉做的，雖然他的肉可能不是普通的肉。

「哇……學妹，妳那個眼神好正點，好有『生氣』喔，好像在勾引我似的！」學長又說又笑的，不知道在興奮個什麼勁！

我眞的很想把手上的書，連同背包裡那幾本厚重原文書，一起用力往他那顆神智不清的腦袋砸下去。

氣死我了！莫非我前世眞的是造了孽，今生才會終於遭到報應？這報應未免也太殘酷了吧，派個精神錯亂的傢伙來擾亂我？

我一氣之下，轉身就往雨裡走去。

但我並沒有被淋濕，因爲阿澈學長的傘很快就阻擋了落下的雨水。

「想回家了？我送妳、我送妳！」

爲了替我遮雨，阿澈學長在撐開傘、衝進雨裡、伸長手將傘舉到我頭上替我擋雨時，自己淋到了一點。

看著他肩膀上被雨暈濕了的襯衫，還有淌著雨珠的髮絲，我突然心生愧疚。

他是因爲我才會弄濕自己的呢！

雖然我心裡還是千百萬分地不願意，但我決定不拒絕讓他送我回宿舍了。

「學妹，妳過來一點啦！這樣會淋到雨的。」這隻得寸進尺的豬！我都已經讓你送我了，你還這麼囉嗦。

「呵，下雨天好好喔！我一直好想能在下雨天，跟自己心愛的人，手牽手一起在雨中散步。」學長突然笑得很夢幻，大概是瓊瑤小說看太多了。

然後，他伸出他的右手，把手舉到我左手邊，「來吧！和我牽手吧！」

「我幹麼要跟你牽手啊？」再一次，我的情緒又要失控了。

「唉唷，別這樣嘛！學妹，那是我的夢想啊！妳不覺得，和自己心愛的人手牽手走在雨裡，是很浪漫的事嗎？」

「誰是你心愛的人啊？」我氣結。你又不是我心愛的人！

「妳啊！」他倒是回答得一本正經。

「我才不要！」

「可是妳已經是了……」學長的笑忽然變得靦腆，他用手指著自己心臟的位置，說：「妳啊，已經住在我這裡了喔！有沒有很高興？」

高興你個大頭鬼啦，我只想哭！

我無奈地扁扁嘴，不說話。

「我就知道妳會很高興，高興得說不出話來了吧？」學長自以爲是地說著。

哪個好心的人願意借我一把菜刀，或是美工刀也行，只要是能讓眼前這個人斃命的凶器都可以……

我的祖先們，我真的就那麼顧人怨嗎？如果你們地下有知，就隨便派個祖先來保護保護可憐的我，讓我遠離這個瘟神的糾纏吧，否則我遲早有一天會精神崩潰的！

我只有一個願望：請你離我遠一點。

07

我和阿澈學長站在我住的宿舍樓下，彼此僵持著，誰也不肯讓步。

雨仍然下得囂張。

「你到底要不要走啦？」我耐不住脾氣地對著他叫。

阿澈學長堅定地搖搖頭。

我緊張兮兮地左看看、右瞧瞧，擔心如果一個不注意，又被哪個「IBM」瞧見，然後四處造謠，那我一定會瘋掉！

我很後悔！十分、百分、千分、萬分、億分地後悔，我不該讓阿澈學長送我回家的，這麼做，就和愚蠢的小紅帽一樣，只會引狼入室，現在的我，只覺得欲哭無淚啊，偏偏這個超級燙手山芋，就是怎麼也甩不掉。

「你快走啦！站在這裡，等一下又要引人注意了。」我再一次催他離開。奈何這個臉皮比萬里長城城牆還厚的阿澈學長，就是不願意挪動腳步，離開我的視線。

「不要！妳請我上去妳宿舍坐。」阿澈學長的堅持中，帶著幾分霸氣。

從來沒看過這樣不知矜持的人，居然主動要求去人家住的地方，人家拒絕他，他還像顆石頭一樣，頑固得要命！

「不要啦！你很煩耶，我學姊不喜歡男生進我們宿舍啦！」我氣得胡亂找理由。

「學妹，妳看看我，我很可憐耶，爲了要送妳回來，還被濺得全身都濕了一大半呢！」

剛才有輛車子急駛而過，濺起一大片水花，學長爲了保護我，左半身都被潑濕了，害得他現在看起來十分狼狽。

「我又沒叫你送我回來！」剛剛還一臉「求妳讓我送妳一程」的可憐模樣，現在倒怪起我來了！

「學妹，我不是那個意思啦！能夠送妳回家，是我的榮幸嘛！」阿澈學長見風轉舵，馬上露出「臣惶恐」的表情。

「好啦，現在我安全到家了，你可以走了吧？」再耗下去，我眞的會瘋掉。

「別這樣嘛，學妹，妳請學長上去喝杯咖啡啦！」學長硬的不行，開始來軟的。

「我家沒咖啡。」我斷然拒絕。

對這種人，只能用最堅定的方式拒絕，絕對不能有一絲心軟，否則他們的感情就會像沒除根的雜草一樣，春風一吹，就又四處蔓生了。

「那……喝茶包泡的茶也行。」他退而求其次。

「我們不喝茶包的。」口氣冷若寒霜。

「不然喝白開水也行。」他的姿態更低了。

「我們家很窮，連白開水都沒有。」氣死了！你到底走不走？

「哇！這麼窮啊？那我去便利商店買幾瓶礦泉水，拿去妳們宿舍，我請妳喝水好了。」學長大方地說。

「喂！你到底要不要走啦？」我的火山快爆發了。

「喂！妳到底要不要讓我上去啦？」阿澈學長學我的口氣。

這傢伙，他以爲他是九官鳥嗎？

正當我要再開口趕他，有個聲音打斷我們：「學妹，妳在幹麼？約會啊？」

天啊！是靜雅學姊這個唯恐天下不亂的八卦女王！

「不……」我正要開口辯解，學長卻搶先我一步說話了。

「學妹吧？妳好，我是電機系研一的梁浩澈。」學長綻開一個完美無瑕的笑容。

「咦？好熟的名字……啊！你是那個和季曦鬧緋聞的學長嘛！」學姊又露出那種挖到寶的可怕笑容。

我不禁打了一個冷顫，嗚嗚，我的清白也許會毀在學姊口沒遮攔，又言過其實的嘴裡，天啊，讓我死了吧！

「嘿嘿。」學長羞赧地搔著頭，那副活像是情竇初開的蠢模樣，真讓我想吐。

「學長，上去我們宿舍坐坐嘛，杵在這裡做什麼？」學姊熱情地邀請著學長。

聽學姊這樣說，學長一臉受寵若驚的竊喜表情，我的下巴則差點掉到地上去，更可恨的是，阿澈學長居然在臨上樓前，回過頭來對我露出一個勝利者的微笑！

可惡、可惡、可惡！我到底是做錯了什麼事，老天爺要這樣懲罰我？派了個這麼「盧」的學長來剋我，真是要活活把我氣死了。現在就算將阿澈學長挫骨揚灰，還是沒有辦法消弭我心中那股熊熊燃燒的怒火。

梁浩澈，咱們走著瞧！

我在心裡一遍又一遍地咒罵他，一遍又一遍、一遍又一遍……

我所追尋的，只是一份不必勉強、全然吸引的感情。

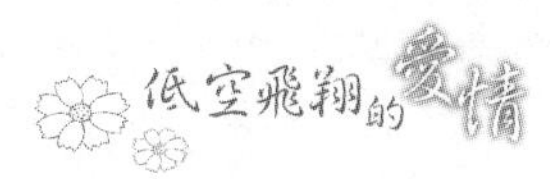

08

天空很藍、雲很淡、風很輕，但我的心裡卻下著狂風暴雨，再也沒有任何一個時候，讓我像此刻一樣，覺得自己的情緒瀕臨失控的處境了！

心情灰暗得讓我想往牆壁一頭撞去，最好一撞就永遠不要再醒來。

一大早，我才踏進教室，整個人就僵住了。不誇張，眞的就像是全身的血液都凝結住了一般，腦袋一片空白，全身的力氣被瞬間抽光了似的。

我常坐的座位被霸佔了！

被好大的一隻泰迪熊霸佔了！

一些早到的同學們，全都帶著看戲般的表情看著我。

放在桌上的，是一封淡淡粉藍色的信，信封用紅色愛心、上面燙著「I Love You」字號的貼紙封緘的信。

然而，最引人注目的，不是和人一般高的泰迪熊，也不是淺淺天空藍的信，而是刻寫在黑板上的字。

偌大的黑板上，布滿阿澈學長的字跡。

季曦：

如果妳是座酷冷嚴寒的冰山，我願意以我滿腔火紅的熱情，融化妳、感動妳。
如果妳是只不受拘束的風箏，我願是那片任妳自由翱翔的天空，包容妳、接納妳。
如果妳是艘迷途忘返的船舶，我願是佇在港灣鎮日灼燃的燈塔，引領妳、守候妳。
融化妳、感動妳；包容妳、接納妳；引領妳、守候妳。這是我對妳的承諾。
那麼，妳的答案呢？

浩澈

我傻了、呆了、楞了，全身像被火點燃一樣灼熱，旋即怒火攻心！
我全然無法思考，只想到往阿澈學長常出沒的研究室衝去，卻在電機大樓外碰見他。
他帶著笑意看我，那笑裡，滿是驚訝的甜蜜。
我知道，他誤會我的意思了，他可能誤以爲我是來告訴他什麼「答案」的。
「學妹，妳看到黑板上寫的字了？」阿澈學長難得用如此正經八百的口氣跟我說話，

「想不到妳這麼快就跑來找我了，讓我眞的有點受寵若驚。老實說，我還沒準備好要怎麼接受妳的回應，我……」

「你到底是想要怎麼樣啊？」我打斷他的話，不顧熙來攘往的人群，劈頭朝他喊去。經由我這一叫，倒是吸引了些好奇的目光了。

「沒、沒想怎麼樣啊，能夠跟妳交往，就是我最大的希望了。」學長紅著臉，一個字、一個字清晰響亮地說著。

「你這樣，眞的讓我很困擾耶！」我氣極敗壞地嚷著。身邊駐足停留的人群越來越多了。

「妳不喜歡我這樣的表達方式啊？」學長終於聽得懂人話了，眞是感謝老天爺啊！

「廢話！你這樣，我很難做人耶！況且，我還想在這個學校裡混到畢業……」

「談個戀愛，就會混不下去嗎？」學長機靈地反問。

當然不是談戀愛就會混不下去，是跟你談戀愛才會讓我混不下去！

「不是這麼說，學長，我只想好好地捱到畢業，不想被無聊的戀愛遊戲牽絆住，可是，你大膽的……呃，示愛，會打亂我規律的生活，引來很多不必要的誤解，我不喜歡這樣，因爲這不是我要的生活。」我盡量讓自己的語氣委婉些。

學長沉默了幾秒鐘，然後開口。

「我只是想愛妳嘛！」他理直氣壯地說著。

我好不容易稍微平息下去的氣焰，一下子又被他的大言不慚點著了。

「你、你、你……要是我的一世英名毀在你手上，你負得起責任嗎？」我也豁出去，跟著吼了起來。

學長楞住，一雙眼直勾勾地盯著我。

四周圍吱吱喳喳的討論聲，也倏地沉寂了。

哈哈！我終於戰勝一回合了！

每次都是我輸，想到就有氣，難得這次我可以壓倒性地取得勝利，這感覺，怎一個「爽」字了得！

看到學長那副說不出話來的蠢模樣，更擴大我內心不斷膨脹的快樂。

慢慢地，學長的眼中綻放出一種連我都無法理解的絢麗光彩。

「我願意。」他忽然沒頭沒腦地迸出這句話。

圍觀的人，包括我，全都以無法理解的神情看著學長。

阿澈學長的臉在一秒鐘後，溢出深深的笑意。他激動地拉住我的手，像在宣誓什麼一樣，說著：「我願意對妳負責，妳的快樂、妳的幸福、妳的未來、妳的一切，我都願意一肩扛起！」

愛情

別用你自以為是的方式，踩進我的世界，打亂我的生活。

「學妹，我願意，我眞的願意！」阿澈學長不理會我逐漸泛白的臉色，仍一股勁兒地說著。

四周圍吱喳吵鬧的喧譁聲，仍掩蓋不住學長鏗鏘有力的大嗓門。

我的腦袋像有幾百顆碩大的巨石在翻滾著，不斷發出「轟隆、轟隆」的巨響。

然後，我似乎聽見有人在鼓勵學長，要他加油、幫他打氣之類的。

我剛才的沾沾自喜，和現在的萬念俱灰，猶如天堂與地獄的差別！

啊……好想死！

我轉身，往自己教室的方向走去。眞是失策！我不該在敵軍陣營前找自己的敵人談判，那樣只會更印證一句成語：自取其辱。

「學妹，學妹。」不到五秒鐘，橡皮糖學長又黏過來了。

我假裝沒聽到他的呼喊聲，仍踩著急促而規律的步伐前進著。

「學妹……」他仍不死心地喚著。

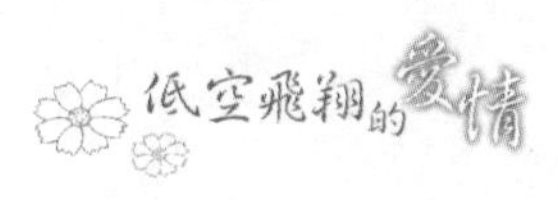

你叫吧！你叫吧！愛叫你就叫吧！現在就算你把喉嚨喊啞了、嚷破了，我還是不會停下來看你的！

我在心裡對阿澈學長怒吼著。

眼不看、耳不聽、心不念、腦不想，這樣，我應該就可以杜絕學長每次總是輕易在我心裡挑起的千波萬濤吧？

學長跟了我一小段路，突然停下腳步不再跟了。

哈，策略成功！眞佩服自己的聰明才智。也許我這一招，眞的可以逼退學長喔。好，下次他再對我死纏爛打，我就使出這招「雙目失明、雙耳全廢」的技倆，讓他知難而退。

「我愛妳，江季曦，就算是天涯海角，我也要追到妳。」

我的頭頂似乎沸沸然地冒著煙。

這會兒，臭學長居然遠遠地站在我後面，用手圈住嘴邊，像個瘋子一樣地狂喊亂叫。

更可恨的是，我這個定力不夠的白痴，還傻傻地中了他的圈套，不只停下腳步，還轉過身去看他。

當然，我也看到那群跟在他背後的「敵軍兵團」，一大群人像遊行示威一樣地跟著阿澈學長。

就算是愛看熱鬧、好奇心重，但這樣亦步亦趨，未免也太誇張了吧，又不是跟著大甲媽祖繞境。

「學妹，妳聽到我愛的呼喊，終於肯停下來看我啦？」阿澈學長臉上漾著死灰復燃的笑。

眞想一巴掌打爛他的嘴！

什麼愛的呼喊！

「學長，」我終究還是忍無可忍了，「我可不可以求你、拜託你，別再纏著我了，好嗎？」我以一種哀求的姿態，向他求饒。

「我這樣會讓妳不快樂嗎？」學長聽見我的話後，那張布滿笑意的臉，瞬間歛息了。耶？這樣就上勾了？學長果然是單細胞生物。

「嗯。」我裝可憐地點著頭。

阿澈學長重重地嘆了一口氣。然後，像是具傳染力一樣，我聽見在人群中，也傳來好幾聲嘆息。

「學妹，我只是覺得自己有能力給妳一份穩定的感情、一個可靠的肩膀、一片讓妳可

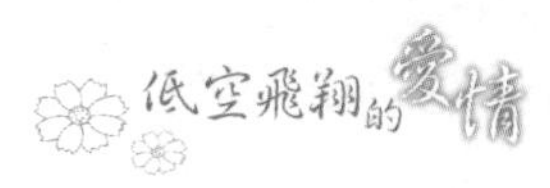

以自由飛翔的天空，所以才會這樣死纏爛打地賴著妳，想盡辦法打動妳……」阿澈學長很用心地說著，口氣中透露出重重的深藍色氣息，如果我不是這樣討厭他，也許我會被他感動。

「可是，學妹，我不知道這樣直接的表達方式，會讓妳不習慣。」學長低著頭說著，神情看起來有些落寞。那股憂傷的氣氛，瀰漫在早晨電機大樓外的走道上，瀰漫在每個駐足觀望的人臉上，瀰漫在那個刻意拒絕阿澈學長的我的心上……

「學長，對不起，我不值得你這樣！」在眾目睽睽之下，我勉強擠出這句話。

「學妹，妳別說了。」學長將他的手搭在我的左肩上，那手好似有千斤重一般，壓得我的左肩不由得沉重了起來。

「值不值得不是憑妳一句話就可以斷定的，在我心中，自有一座天秤，可以衡量出妳在我心中的價值與重量。妳這麼一說，我才知道這樣大膽的表達情感會嚇到妳，我會改的，學妹。」

改？他會改？這是什麼意思？

「學長，你的意思是？」我吶吶地問。

「我還是沒有打算要放棄妳啊！學妹，我答應妳，我會改，不會再像現在這樣大膽地在所有人面前表達我對妳的感情，既然妳不想張揚，那我們就改成妳能接受的方式。呃，妳是想『偷偷摸摸』地來嗎？還是……」學長說著說著，臉居然泛紅了。

嗚！我早該想到他是隻萬年不死的蟑螂，他怎麼可能這麼輕易就放過我呢？

我似乎預見自己苦難悲慘的未來了……

愛情

放過我，也放過你自己，也許，快樂便會更龐大些。

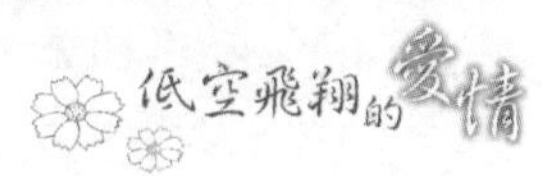

10

我費了九牛二虎之力，才把那隻和人一般高的泰迪熊玩偶搬回宿舍。

當然，這樣的舉動，必定會引起一陣騷動。我算了一下，至少有二十來個經過的路人甲乙丙丁，好心問我要不要幫忙，並且大方稱讚我手上這隻毛絨絨的龐然大物。

在搬運的過程中，每個從我身邊經過的女孩都對我投以欽羨的眼光，完全沒留意到我汗流浹背、咬緊牙根的狼狽樣。

要不是這隻熊還挺得我的緣、越看越順眼，我早就把它拖到垃圾場掩埋棄屍了。

「哇！好大的熊喔！這叫什麼熊？是不是那個、那個……」回到宿舍，把泰迪熊玩偶搬進客廳時，剛巧靜雅學姊正坐在客廳的地板上看小說。

「那個……」她抓著頭苦思，突然間迸出一句，「啊！維尼熊！對對！哇，好大的維尼熊啊，好大喔……」

我差點摔倒！

靜雅學姊衝過來，拉住泰迪熊的左手，像個小孩似的，興奮得直晃。

「學姊，這叫泰迪熊好嗎？」眞是敗給她了。卡通人物裡，她除了哆啦A夢跟Hello Kitty外，還認識誰？

「嗯？是嗎？」她斜眼瞄了我一眼。

有沒有搞錯，居然還懷疑我這個卡通迷的專業知識？

「搞不好妳是唬我的，誰知道？」她嗤之以鼻，接著用充滿自信的口吻說著：「我告訴妳，其實，它叫作懶、趴、熊。」

不知道是誰幫趴趴熊取了這個「別名」，眞是有夠難聽加低級的。

「拜託！」我翻了翻眼，對這個「番仔」沒轍，「它眞的叫泰迪熊啦！」

學姊抬起頭，睨了我一眼，「泰迪熊就泰迪熊嘛，幹麼那麼認眞？不過是個名字。說！這是誰送的？」

調查局又開始偵查了……

我沒理她，轉身往冰箱的方向走去。

這隻泰迪熊搬起來實在挺費力的，搬得我手痠了不說，還幾乎要搾乾我體內的水份，不趕快弄杯水來補充一下，我一定會乾涸到不行。

「學妹，快說嘛！到底是誰送的啦？」靜雅學姊仍興致高昂地玩弄著那隻泰迪熊，不時抱抱它，還一手拉住泰迪熊的手，一手抱住它的身體，像在跳舞一樣，又扭又晃的，活像是跳蚤鬼上身。

「是那個叫做阿澈的學長，對不對？」學姊打破砂鍋問到底，見我沒回答，於是就認定了，「他對妳好好喔！這個一定不便宜吧？」

我哪知道！

不想理會在一旁碎碎唸的學姊，我自顧自地喝了一口冰水……哇！眞好。

「啊！」

突然，學姊殺豬般的尖叫聲傳進了我的耳裡，我嘴裡正含著水，被她這一叫，嚇得嗆咳了起來。

「學妹、學妹，妳來，妳快來啊！」學姊扯著喉嚨，叫魂般地喚著。

我疾步衝過去，根本顧不得止不住的咳嗽。

「妳、妳看！」學姊扳開玩偶的頭，指著它頭和身體交接的頸間。

「這是什麼？」學姊一雙眼熾亮地發著光，像發現了什麼珍貴寶物一樣。

泰迪熊的脖子上，用一條細長的紅線綁著一個小小長長的深藍色絨布小扁盒。

因爲被玩偶的頭壓住，加上絨毛覆蓋，我一開始完全沒有注意到這個小絨布盒。

我解開紅繩，取下絨布盒，打開。

放在盒子裡的是一條寬約一公分的黑色皮繩製手環，皮繩上嵌著一條約三公分長的長條銀飾，銀色的小牌子上刻了一些簡單大方的線條，樣式看起來很高雅。

想不到阿澈學長挑禮物的眼光還挺不錯的。

「哇，這個好像是電視廣告裡，那個眞愛密碼系列的手環耶！」靜雅學姊伸手取過手環。

我盯著手環，心裡充滿疑問。

現在男生都這麼闊氣嗎？動不動就請出那四個看地球儀的小孩來幫忙追女孩子？

「好美啊！」學姊將手環戴在自己手上，不停地東看看、西瞧瞧，笑得眉飛色舞的，好像那個禮物是特地買來送她的。「喂！學妹，不錯喔，學長很凱耶，送妳那隻那麼大的維尼熊，還送妳這個價格不便宜的手環。」

「學姊，那是泰迪熊啦！」我一臉受不了的表情。

「他送妳這個手環做什麼？」學姊促狹地眨著眼，「該不會是想向妳求婚吧？」

拜託！用這個向我求婚？我的身價就只值這樣？

「我怎麼知道他送這個要幹麼？我又……」忽地，那封淺藍色的信浮現在我腦海！

我二話不說就把手伸進背包裡掏啊翻的，好不容易挖出那封被我揉到皺得不成形的信。

打開信，映入眼底的，是短短的幾行字：

季曦：

我的心裡有組尚未被解開的密碼，那條手環和妳，是解開這密碼的唯一鎖匙，當妳戴上它，走近我的時候，密碼便會被破解，而妳將會得到我永不離棄的一顆心。

浩澈

我不要手環，也不想成為那個解開密碼的人。

11

「梁浩澈，你給我滾出來！」站在阿澈學長的研究室外面，我很不顧形象兼沒氣質地扯著喉嚨大喊。

研究室的門被打開，但走出來的不是阿澈學長。

「梁……啊，對不起！」我趕緊吞下即將脫口而出的話，以免傷及無辜。

「妳找阿澈啊？」走出研究室的男生，推了推他鼻梁上的眼鏡，好脾氣地笑著。

我乖順地點點頭。

「他不在喔，好像說要去找什麼資料，大概要晚上才會回來。」

晚上才回來？

「這樣啊。那可不可以請你幫我把這個還他？」我遞出手上的深藍色絨布盒。

「這個……」研究室男孩聚精會神地盯著我手上的絨布盒，好一會兒，才用極不確定的口吻問著：「妳是江季曦？」

咦？他怎麼知道？

我吃驚得睜圓了眼。

「你……」我的舌頭打結了。

男生突然笑開來，「眞是幸會啊！常聽阿澈講到妳，果然百聞不如一見。」

臭阿澈學長，在我背後說我什麼了？

「他……」舌頭的結還是梗在那裡。

「他常常跟我們提到妳喔，他說妳看起來呆呆的。」

我呆呆的？他才是一副天下無敵的白痴樣呢！

「脾氣壞得要命。」

脾氣壞？那是因爲他蠢得要命，老愛亂踩我的地雷，才會常常被炸到。

「又愛得理不饒人。」

哇哩咧！說了我這麼多壞話？

「不過，他說妳笑起來很甜，說話的聲音很好聽，潑辣的樣子很迷人，個性坦率得沒有任何矯飾。」

這也算是讚美嗎？

「所以，我不能幫妳轉交，因爲這是他很重視的東西，而妳是他最珍視的人。」研究室男孩話鋒一轉，又繞回原點。

啊？為什麼？我可是費了好大的力氣，才從學姊那裡搶回這手環的呢！

「學姊，手環給我。」看完信後，我口氣堅定地向學姊開口要東西。

「唉唷，別那麼小氣嘛，借戴一下有什麼關係？妳看，戴在我手上，有沒有把它襯托得更蓬壁生輝？」

「蓬壁生輝」這句成語是這樣用的嗎？

「別鬧了，學姊，快還我！」我傾過身去，試圖要拔掉她手上的手環。

「唉唷，學妹，妳怎麼那麼小氣啦！借我戴一下嘛，最慢明天就會還妳了。」學姊一邊閃躲著，一邊像隻拚命保護小雞的老母雞一樣，死命護著她手腕上的銀飾。

「不行啦！妳別弄壞了，我要拿去給學長啦！」我終於抓住她不斷揮舞著的手。

「拿去給學長幹麼？他不是送妳了嗎？」學姊仍掙扎著。

「我不能收下這個禮物啦！」我邊說邊和她繼續搏鬥。

「妳瘋啦！」學姊聽完，馬上用差點震破我耳膜的高分貝音量嚷著，「多少女生求之不得的禮物，妳居然要把它往外推！」

趁學姊扯著喉嚨罵我的當下，我迅速從她手上拔下手環。

「我不想要。」我簡潔地回答她。

「妳的腦袋眞不是普通的蠢耶！既然他買都買了，也送妳了，妳就收下嘛！又不會少妳一塊肉。」學姊不認同地搖著頭。

我把手環放回絨布盒裡，蓋上盒蓋。

「我只是不想當他的鑰匙！」我輕輕地吁了一口氣。

「什麼？鑰匙？什麼意思？」學姊鬼靈精地轉了下眼，馬上跑去拿起茶几上我剛剛才讀完的信，我要阻止已經來不及了。

「學妹，這種男人妳如果不把握，妳會後悔的。」這是學姊給我的最後忠告。

可是，我眞的不想成爲他的鑰匙，也不想解開他心中的密碼嘛。

我沒興趣！

所以我決定隔天一早，一定要把手環拿去還他，然後告訴他，去找別人來解他心中的密碼吧，我不適合。

想不到，我特地起個大早，居然還是遇不到他；遇不到也就算了，竟然連他同研究室的男生也不願意幫我的忙。

「可、可是……」

「學妹，妳別急著退還他的心意，回去多考慮幾天吧！我保證，只要妳肯敞開心胸，了解他、接納他，阿澈不會讓妳後悔的。」研究室男孩推推眼鏡，和善地笑著。

愛情

你……果真像他們所說的那麼好嗎？

12

自從抱回泰迪熊之後，我已經有一個多星期沒看到阿澈學長了。

他像是憑空從我生命中消失，少了他的聒噪聲音，我的生活似乎突然變得空蕩蕩的。因為一直遇不到他，所以那只手環也一直被我壓在抽屜裡；日子久了，我也就忘了那只手環的存在。

窗外的天色濛濛地逐漸暗下，我坐在書桌前，正為即將來臨的期末考讀書讀得焦頭爛額時，房裡的電話響了。

「喂？」

我抓起話筒，把話筒夾在右耳與右肩中間，手上的筆仍然不停地寫著，只要再一點點時間，我就可以把這題困擾我半個多鐘頭的習題解出來了。

「學妹啊，妳在做什麼？」靜雅學姊充滿活力的聲音透過話筒，傳了過來。

「在算高微。」我說著，心裡納悶她人到底在哪裡，怎麼音樂聲那麼喧嚷，她該不會是在pub裡尋歡作樂吧？

「哇，這麼認眞啊？」她見鬼似地大叫，好像我做了什麼了不得的事一樣。

「學姊，下星期要期中考了耶！」我好心提醒她，這女人，老是說什麼「人生以玩樂爲目的，以墮落爲己任」，難怪成績老是慘不忍睹。

「我知道、我知道，不過就是寫幾張紙嘛！」學姊毫不在意地說著。

拜託，那幾張紙可是關係著我們的面子呢！

想想，「重修」是多麼丟人的事，尤其是，如果全班就只有你一個人被當，那眞是超丟臉的了。我才不想成爲那樣的人，我要憑我的實力，來打敗那些以當人爲消遣娛樂的教授們。

「妳別算了啦，我現在要和我哥兒們去淺水灣，妳跟我們一起去吧！」不知長進的學姊滿嘴歡樂地說著，完全不當考試是一回事。

「去幹麼？聽海？」妳以爲妳是張惠妹啊？

「對啊，我們三缺一，妳來湊湊人數吧！」

「你們要去海邊打麻將？」我問了一個非常蠢的問題。

「哇哈哈哈，學妹，妳怎麼那麼幽默？」學姊魔女般的笑聲好刺耳。

「……」

「我們只有三個人，想說湊成雙數比較好。妳來，我們十分鐘後在宿舍樓下會合。」

「不要！」我想起教授們可恨的嘴臉，才不要任由他們擺佈！

「別這麼難商量嘛，學妹。」學姊向我撒嬌，那聲音怪噁心的。

「我要讀書啦！不然妳找文怡去好了。」我向她提議。

「我找不到文怡啦！她在不在宿舍？」

「好像還沒有回來喔。」這個臭文怡，現在也越來越會玩了，一點都不像剛入學時那麼乖巧。

「我打過她的手機，大概是沒電吧，都轉入語音信箱耶。」

「……」

「好啦！學妹，妳就來嘛！妳眞的忍心看我一個女生，跟兩個男生出去，萬一被怎麼樣了，該怎麼辦？輪姦很痛的耶……」學姊哪壺不開提哪壺。

「妳不會不要去喔？」奇怪了，怕出事還硬要去玩，她在想什麼？

「不行啦！我已經答應人家了啊，妳不會希望我是那種言而無信的人吧？人家說，言而無信的人，死後會下十八層地獄耶！妳不會眞的想看到我那麼慘吧？」學姊煞有其事地說著。

「誰說的？」我怎麼沒聽說過？

「妳管是誰說的，反正就是有這種說法啦！」我怎麼覺得學姊好像有點惱羞成怒？

「妳到底來不來嘛？」

拜託，這是求人的口氣嗎？

「不去！」我口氣堅定地拒絕。

「別這樣嘛，學妹……」學姊馬上又露出那種可憐兮兮的口吻，「妳不會真的想見死不救吧？」

「妳就不要去嘛！」煩死了，推掉不就好了？那麼愛玩！

「學妹……」她仍不死心地哀求著，「不然這樣好了，妳來，我免費當妳一個月的跑腿小妹。」

學姊打算用這個條件來賄賂我，嗯……這個條件的確很誘人。

想想，天氣越來越冷了，如果有個專屬的跑腿小妹有多好，那我就可以在很冷的天氣裡，窩在被窩，使喚小妹幫我去買一些熱呼呼的食物回來。

我有點心動了。

「好不好嘛？」學姊似乎察覺到我的動搖。

「妳不會晃點我？」我不太相信學姊的爲人，她老是說話不算話。

「眞的啦！不然這樣，回去之後，我寫切結書給妳，如果我沒有做到的話，妳就可以在這一個月裡，無條件對我發脾氣，我也不會回嘴。」

什麼跟什麼啊！

不過她說的倒挺眞誠的。

好吧！看在這個誘人的條件份上，我就答應她好了。而且我也擔心她會發生意外，要是她眞的被怎麼樣了，我可承擔不起見死不救的罪名。

「妳現在在哪裡？」

「哇，學妹，妳答應要去啦？」學姊興奮地嚷著。

「對啦！免得妳眞的被怎麼了。」

「我就知道我這個學妹最好、最有愛心、最漂亮了。」她開始狗腿起來。

「不要忘了妳答應我的事，要當我的專屬小妹喔！」

「一定一定，我一定不會忘的。」學姊再一次掛保證。

「那妳現在到底是在哪裡啊？」

「喔，我再三分鐘就到宿舍樓下了。」

「啊?不是說十分鐘嗎?」完了,以我的龜速,一定來不及整裝出發。

「剛才講話就浪費了七分鐘啦!」學姊笑得賊賊的,「還有,學妹,如果妳讓我們等妳超過一分鐘,那剛才的交換條件就不算數了喔!」

沒等學姊說完,我直接就掛掉電話,馬上快速進行換裝。嗚,快來不及了,我才不想要我的跑腿小妹不見了呢!

你去哪裡了?沒有你的聲音,我竟開始有了想念。

13

一到宿舍樓下，我馬上就後悔了，因爲我看到一輛熟悉得不能再熟悉的綠色小March。

「學妹，這邊這邊。」靜雅學姊搖下車窗，從車裡探出頭來，還不斷地揮動雙手。

我很想馬上轉身就跑，去他的什麼「寒冬跑腿小妹」！

心裡雖是這樣想，但我那沒志氣的腳，卻一步一步地往那團我討厭的蘋果綠走去。

言行不一，大概就是這麼回事吧。

我一走近March，學姊馬上跳下車，「好心」地爲我開了前座的車門，「溫柔」地把我推進去。

然後，我看到坐在駕駛座上的阿澈學長。

像是怕我反悔似的，我一上車，學姊也坐好後，他即刻狠踩油門，往前衝去。

我的眼睛打結，舌頭打結，連表情也打結了。

不是因爲看到阿澈學長，也不是氣惱被靜雅學姊所設計，而是驚懼於學長飆車的速度。

「學妹，好久不見了！」阿澈學長倒是氣定神閒，似乎對自己的駕駛技術信心十足。

「有沒有很surprise啊？我把阿澈學長帶來找妳耶！啊，忘了跟妳介紹一下，這個是江佑齊，我最近新拜把的哥兒們，是阿澈學長他們班上的，也是妳學長喔。」靜雅學姊臉上堆滿了得意的笑容，好像自己做了多大的善事一樣。

「我們見過面。」江佑齊推了推鼻梁上的眼鏡。

啊！我想起來了，他就是那天在阿澈學長的研究室裡，不肯替我還東西的壞學長嘛！難怪我覺得他很眼熟。

「學妹，一陣子不見，妳的伶牙俐齒到哪裡去了？太久沒見面，沒人幫妳磨利，牙都變鈍了嗎？不然怎麼會這麼安靜？」阿澈學長毫不留情地揶揄著。

我應該開口說些什麼好反擊的，可是，我的心跳正不安地鼓動著，眼光離不開儀表板上的車速表。

「對啊！學妹，妳怎麼這麼安靜啊？怪怪的，真不像妳！」靜雅學姊附和著。

臭學姊，妳閉嘴啦！還不都是妳設計的圈套，現在害我誤上賊車，妳還敢在那裡鬼吼鬼叫的。

透過車上後照鏡，我狠狠地瞪著靜雅學姊。

「學妹，妳該不會是太久沒看到我，突然見面，心裡一時太感動了，才會說不出話來吧？」阿澈學長馬不知臉長地說著。

「喂！該不會眞的像學長講的那樣吧？」學姊這會兒倒大驚小怪了起來，「妳不是討厭他討厭得很？喂，別像個啞巴，妳也開口說幾句話嘛！」

死學姊，竟敢洩我的底！

「等等、等等，靜雅，妳說，季曦討厭我？」這回換阿澈學長大驚小怪起來了。

不會吧？我表現得那麼明顯，雖然嘴上沒有明說，但明眼人一看，多少都可以感受到我對阿澈學長的厭惡，該不會就他一個人在那裡笨吧？

「你看不出來？」一直沉默的江佑齊學長開口了。

「難道連你也看得出來？」阿澈學長不相信地問著。

「嗯。」佑齊學長用力點著頭，然後在下一秒鐘使出他轉移話題的專長。「學妹，我那天看到妳，可不是像現在這個樣子喔，妳怎麼啦？不會是生病了吧？」

「不可能！她的生命力就像是陰溝裡的老鼠一樣，強硬堅忍得很，根本不可能會生病。我認識她這麼久，她一直都是生龍活虎的，健康得連病菌都不屑入侵她的身體呢！」

學姊誇張地形容著，把我說得像是廣告裡那個罩著病菌防護泡泡的健康寶寶一樣。

「妳該不會真的是身體不舒服吧？」阿澈學長轉過頭來，眼底盛滿關心與柔情，熱切地看著我。

我搖了搖頭，手心微微沁著汗。

「那就說句話啊！幹麼這麼神祕兮兮又悶不吭聲啊？」學姊沒耐心地催促著。

「對啊，別不說話，我真的會被妳嚇到耶，如果不舒服也要說一聲，我們好載妳去看醫生。」阿澈學長十分認真。

「請……」我終於開口說了上車以來的第一句話：「請開慢一點！」

車內的空氣突然凝結了三秒鐘，然後瞬間爆出哄堂的笑聲。

「哈哈哈……哇哈哈哈！學、學妹，妳怎麼……哈哈……這麼膽小？哇哈哈哈……」

我冷眼看著靜雅學姊，因為她笑得很誇張，還不停用手擦掉因笑而擠在眼角的淚水。

怎麼樣，我就是不敢坐快車啊，犯法嗎？

笑笑笑！笑死你們好了。

「哼！」我悶哼了一聲。

「原來妳怕坐快車喔？安啦！我的技術妳可以放一百二十個心啦！」阿澈學長志得意

滿地對我拍胸脯保證。

就是因爲你的自負驕傲，我才會不相信你！古人說得好，驕兵必敗，我還年輕，才不要大好的生命葬送在你手裡，這樣我會很不甘心的。

「如果怕，只要說一聲就好了，我會爲妳減速的啊。看妳嚇得一臉蒼白，我還眞的以爲妳身體不舒服呢！」阿澈學長邊止住笑，邊減慢車速。

雖然他是全車最給我面子的一個人，但我還是不打算原諒他，因爲他一定是這場騙局的主謀，就算不是主謀，也絕對是幫凶！

在我心裡，有個颱風正逐漸醞釀成形。

愛情

平緩地前進，才不會錯失沿途的美好風景。

14

經過淡金公路，我們來到淺水灣的沙灘上。

天色已經完全暗下來，闃黑的夜幕裡，綴著點點的星子。

我們坐在沙灘上，聽著潮水的拍擊聲。

原本被學姊和學長他們弄得很浮躁的心情，此刻竟變得沉靜了起來。是潮汐的魔力嗎？我不知道。

坐在我身邊的阿澈學長和佑齊學長，現在正邊說笑，邊喝著他們帶來的啤酒，身旁還擺了一堆零食、滷味、鹹酥雞、三明治、壽司……他們當真是要來這裡野餐的嗎？

「學妹，妳要不要吃一點東西啊？」阿澈學長遞了一個三明治給我。

我搖搖頭，不屑地看著他手上的三明治，這個三明治長得好畸形喔！土司是麥芽色的，而且四片夾層的土司還長得大小不一，裡面夾了看不出是什麼的東西，我還看到有一隻蝦子尾巴從土司夾縫中凸出來。

三明治裡夾蝦子，我還是第一次看到。

「學妹，妳也捧捧場嘛！好歹是阿澈學長忙了一個下午做的呢！」學姊嘴裡塞滿食物，含糊不清地說著。

呃，這是他做的？我的眼睛不由自主地睜大了。

「對啊對啊。學妹，妳不看僧面，至少也要看佛面啊！就吃一下嘛！這些東西我本來就是要做給妳吃的。」

我看著阿澈學長可憐兮兮的哀求眼神，更加強了拒吃的決心，我可不想讓我的肚子受折磨。

「我不想吃。」我一口拒絕。

「那不然吃點滷味好了，這間滷味最好吃了，是學校對街那間『吳媽媽滷味』喔！」阿澈學長毫不氣餒地說服我。

「嗯嗯嗯，學妹，妳不是最愛吃『吳媽媽滷味』嗎？」學姊一點都不淑女地啃著滷雞腳。

「我吃不下。」我低下頭，用手指在沙上胡亂畫著。

「那要不要喝瓶果汁？」佑齊學長從袋子裡取出一罐瓶裝葡萄汁。

那樣誠懇的眼神，讓我難以拒絕，於是接受了他的好意。

「哈！阿齊，還是你有一套。」阿澈學長口氣酸溜溜的。

「還不是為了幫你打動佳人芳心，誰叫我們是好朋友？如果你費了這麼大力氣，還是擺不平你要追的女生，傳出去可不只你顏面掃地，連我的面子也掛不住了。」佑齊學長不以為意地哼著。

那個腦筋始終呈現直線思考的阿澈學長一聽完，馬上笑開了臉，大大的眼也笑得彎彎的，像兩枚新月。

「阿齊，你果然是我的好朋友，來！為我們的美好友誼乾一杯！」阿澈學長眉開眼笑，拿起啤酒罐跟佑齊學長乾杯，然後大口大口地灌著啤酒。

「學、學長，你可不可以少喝一點？」我結結巴巴地說著。阿澈學長如果喝醉了，那誰要開車送我們回去？

靜雅學姊的開車技術，我可不敢領教。誰敢讓一個邊開車，邊自己尖叫的人載？我才沒有那麼大的膽子。

靜雅學姊就是這樣的一個人，她可以自己開著車，又沿途一路尖叫到目的地。所以坐她的車，必須承受聽覺與精神的雙重折磨。

「妳，」阿澈學長大大地嚥了一口口水，「妳會擔心？」

我知道，這個愛自作多情的人，大概又誤會了。

「唷，阿澈，你的小學妹外表看起來冷冷的，其實心裡是團炙熱的火呢！」佑齊學長用肩頂了頂阿澈學長的臂膀。

「嘿嘿。」阿澈學長傻笑著搔搔頭。

「我是擔心等一下……」

我正想解釋，卻被阿澈學長打斷了，「學妹，我知道的，我都知道。」

「我……」

「來！阿澈，爲你美好愛情的第一步，乾一杯吧！」佑齊學長舉起啤酒罐，大聲吆喝著。

這……怎麼跟他平常的樣子差那麼多？是不是一旦黃湯下肚，每個人都會顯露出他個性裡潛藏的另一面？

我實在懶得理他們，反正不管我說什麼，他們就是能曲解我話中的意思，看來解釋也只是浪費唇舌。

大不了，我就在這裡坐到天亮，等天亮了再打電話向同學求救，反正我不會坐醉鬼開的車就是了。

我睨了身旁的三個人一眼。唉，景色這麼好，潮水聲如此浪漫，月光朦朦朧朧的，更增添幾分夢幻的氣息……而這三個人，卻是破壞這靜謐夜色的殘忍凶手。

靜雅學姊正抱著那堆食物吃得不亦樂乎。

阿澈學長和佑齊學長則不斷地賣菸酒公賣局的面子，把那些黃湯當白開水似地直灌。

我無奈地嘆著氣，唉！我怎麼會和這些人扯上關係？

月光很好，夜色很好，氣氛很好……你們卻很吵。

15

我曲著膝，坐在沙灘上。

月亮很亮很圓，照在海上，水面粼粼地閃著波光。

此刻，我獨自一個人坐在沙灘的另一邊，而兩個酒鬼還在拚酒，靜雅學姊的嘴也絲毫沒有停歇。

我將下巴枕在膝上，一個人享受孤獨的樂趣。

忘了從哪裡聽來的，說孤單與孤獨是兩種截然不同的感覺，孤單是種無力的折磨，但偶有的孤獨，卻是種享受。

我閉起眼，什麼也不想地呆坐著。海風吹來，夾帶著鹹鹹的海水味，卻隨著漸深的夜色，更增添了幾分沁涼。

雖然穿著外套，我的手還是冰冰冷冷的。

突然，一陣細碎的腳步聲向我靠了過來。

我睜開眼，看見阿澈學長。

他彎下身，坐到我身邊，身上散著淡淡的酒味，看來他並沒有喝得很醉。

接觸到我向他望去的目光時，他咧嘴送我一個溫暖的微笑。

「肚子餓不餓啊？妳都沒有吃東西耶。」口氣中，透露出某種程度的關心。

我搖著頭，下意識搓著冰冰冷冷的手，試圖摩擦出熱度。

阿澈學長二話不說地抓住我的手，將我的手覆在他大大的、溫暖的手心中。

我想掙脫，他卻制止了我。

「學妹，我不會對妳不禮貌的，我知道妳不能接受我，但至少別拒絕我想給妳的關心。」

是月色的關係嗎？還是氣氛的迷惑？這一刻，我居然不打算掙扎了，就這麼任由他握著我的手，感受他掌心傳來的溫度。透過碰觸，我彷彿看見了他的用心。

這一刻，心跳不由自主地加快了節拍。

就像是每一段愛情的開頭一樣，我的心裡，總會漫著一種淡淡的悸動，而這是我第一次對阿澈學長有了這樣的悸動，雖然淡得很難察覺，卻是存在著的。

一定是氣氛加上月光、潮聲及夜色沙灘，才讓我產生錯覺。

我這樣告訴自己。

「佑齊學長跟靜雅學姊呢？」我必須找些話來掩飾尷尬的氣息，正巧沒看見佑齊學長和靜雅學姊的身影，於是開口問。

「喔，他們去散步了。」阿澈學長一瞬也不瞬地盯著我。

啊？

「喔，那我去找他們。」說完，我掙扎著想抽回我的手，站起身來。

我一定要跟他們在一起，不然單獨待在阿澈學長身邊，我一定會有危險的！誰知道這個狡詐陰險的傢伙，等一下又會做出什麼驚人的舉動。

但是阿澈學長強而有力的手卻不肯放過我。

「妳不要去打擾他們。」他一邊說，一邊重新把我那雙好冷的手塞回他的掌心。「他們兩個在談戀愛，妳看不出來嗎？」

我的下巴，印證了地心引力的存在。

我、我、我……我眞的看不出來啊！

阿澈學長看見我的笨拙反應，失聲笑了出來。

「君子有成人之美，妳不會想當個打擾別人感情的人吧？」阿澈學長看著海面，眼神變得飄忽而深遠。

我第一次發現阿澈學長有很好看的側臉……一定又是月光在作祟！

然後兩個人陷入一片死寂的沉默。耳畔迴響著潮來潮往的浪聲，伴著阿澈學長沉濁的呼吸。

我的手，因爲學長溫暖的掌心包覆，也開始有了熱度。

爲了不讓阿澈學長有任何誤會，我知道自己應該要把手從他的掌心抽回來的，但我卻因爲貪戀這樣的溫暖，而不想縮回手。

「學妹，我可以問妳一個問題嗎？」沉默了一段時間，阿澈學長再度開口。

「什麼？」

「我想知道，妳爲什麼不肯接受我？」

我只是不想被你制約了。

16

回到宿舍，已經是凌晨兩點多了。

梳洗過後，我躺在柔軟的彈簧床上，卻了無睡意。腦裡面蹦來跳去的，都是阿澈學長的臉。

我想起在海邊時……

「爲什麼妳不肯接受我？」見我不吭聲，學長不死心地又問。

我的心裡混亂了起來。

我用力抽出握在他手中的我的手，胡亂地在沙灘上畫著一個又一個的圈圈，彷彿這麼做，才能夠平撫我體內每個躁動、不安的因子。

「回答我啊！」學長輕輕地喃喃，口氣裡沒有強迫，卻有著讓人很難拒絕的堅持。

「沒有爲什麼，因爲我不喜歡你。」我的聲音微弱但清晰，他應該聽見了。

然後他沉默了。

我看見一隻大大的、剛剛還努力傳遞溫暖給我的手，學我一樣在沙灘上畫著，只是，他不是學我畫圈圈，而是「畫」著一堆英文字母。

藉著月光，我清楚看見那些字母，一個字、一個字，霸氣而不羈地佔領我腳邊的那塊地。這些字母組合起來，是一句英文句子：I just want to love you.

不知怎麼，我心裡有種酸酸澀澀的滋味，慢慢順著血液，拓延開來……

爲什麼在愛情的國度裡，經常是這樣地不湊巧？

不湊巧地，在錯的時間遇見對的人！

不湊巧地，在對的時間錯失愛的人！

不湊巧地，讓兩個相愛的人，同時做了錯誤的決定！

愛情就像是冰棒一樣，如果不及時把握，便會在空氣中融化、消失，難再尋回。

但是，在我的感覺裡，不對我味的冰棒，我寧可不要。

阿澈學長並不是我想要的那支冰棒！

我喜歡口味清淡的果汁冰棒，而不是阿澈學長這樣裹著薄薄巧克力片的牛奶雪糕。

所以，我只能楞楞地盯著那些英文字母。

爲什麼？爲什麼人類要有這麼多的情感，單純點不是很好嗎？爲什麼明知等待不會有結果，卻還是要苦苦追尋一段不屬於自己的感情，折騰自己、困擾別人？

這麼做，到底有什麼意義？

「我……」學長喑啞地開了口，「我做了這麼多，妳都沒感覺嗎？」

怎麼可能沒感覺？我又不是植物人！

「說不感動是騙人的，只是，我覺得你一定可以找到一個更好、更值得你付出的人，我並不是你的理想對象。」我輕輕說。

這是第一次，我們可以平心靜氣地坐下來，拋開以往的針鋒相對，談談彼此的感情觀。

「爲什麼？是不是我哪裡做得不夠好？」

「不是的！學長。」我搖搖頭，誠心地說著：「你是一個很好的人，脾氣好、體貼、善良、溫柔、沒心機。但，卻不是讓我心動的人……」

「不能試試看嗎？人家不是說感情可以培養嗎？」學長打斷我。

「學長……唉！怎麼說呢？就像、就像你要一個從出生就開始吃齋唸佛的老和尚，突然去吃大魚大肉一樣，那是很難的。感情也是，並不是所有感情都是可以培養得起來的。」這樣的比喻，會不會太怪？

學長又不說話了，取而代之的，是重重的嘆息聲。我知道他聽懂我的意思了。

那麼，我應該要有如釋重負的感覺才對啊，可是，爲什麼我心中似乎有顆巨石沉甸甸地壓著，讓人幾乎要喘不過氣來？

一想到今夜回去後，明天天一亮，阿澈學長或許就會從我生命中迅速地飛離遠去，心裡便不可抑制地漾著淡淡的酸疼。

於是，就這樣，我們默然安靜地呆坐著，誰也不肯先開口打破這片寧謐的寂靜。

「學妹。」不知道過了多久，阿澈學長突然柔聲喚著。

我轉過頭去，迎見的，是他耀著光彩的眼神，和……一張緊皺著眉頭的臉。

「嗯？」

阿澈學長好像很不舒服似的，只見他滿臉通紅、大口大口地喘著氣。

「你、你、你怎麼了？」一緊張，我居然結巴起來。

天啊，你該不會是有心臟病或氣喘，或其他什麼毛病吧？拜託拜託，你可千萬不要在我面前掛點，我會被你嚇死的。

「我、我可以吻妳嗎？」

啊？你說什麼？我有沒有聽錯？你是說，你要吻我？

還來不及反應，我這張被夜涼的海風吹得冰冷、二十多年來一直「冰清玉潔」、「守身如玉」，連前幾任男朋友都沒有碰過的櫻桃小口，就在這樣一個天氣很好、氣氛很好、一切都很好的夜晚，被那個溫暖且柔軟、充滿男性氣味的溫柔雙唇給侵略了……

我該生氣的……但為什麼，卻貪戀你給的溫柔？

17

阿澈學長的吻很輕、很軟、很溫柔，小心翼翼的，彷彿我是一個玻璃娃娃，只要稍一用力，便會在他的掌心中碎裂、瓦解，所以，他只能小心地、輕輕地親吻著。

我沒有推開他，因爲我全身的力氣都已經在他的親吻中被抽光了。有一種酥酥麻麻的感覺，從我的頭頂，狠狠貫穿我全身，連手指頭也變得刺刺麻麻的。

我沒有閉上眼，一雙眼骨碌碌地盯著他的眉看……我被嚇呆了！

阿澈學長的手緩緩地伸了過來，輕輕覆上了我的眼。

然後，那軟軟的吻裡，滲進了些許霸氣的溫柔，讓人有種驚心動魄的悸動。

我的耳朵彷彿短暫失聰了，聽不到浪來潮往的奔騰聲響，只聽見彼此的心跳。

有種逼近懸崖的暈眩感，撲撲地向我襲來，我在阿澈學長的溫柔中迷失了方向……

不知道時間過了多久，他才終於放開我。

我很想甩他一巴掌，但我的手卻使不上力，於是，我只能狠狠地瞪著他。

「學妹……」阿澈學長像個做錯事的小孩，望著我的眼神中，有著某些程度的驚懼。

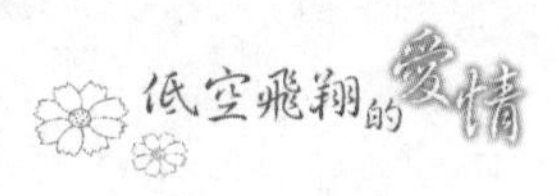

我不想聽他任何一個動聽的解釋，那沒有意義，就好像你在拿刀砍人之後，再滿臉歉意地說聲「啊！對不起」一樣，都是沒有用的，因爲，傷害已經造成！

我不能否認，他的吻的確讓我很迷惑，在那短短的幾秒鐘裡，我確實是因爲沉淪，而幾乎要忘了一切，但這並不表示我就能原諒他的任意妄爲，他並沒有得到我的允許啊！這樣跟強盜有什麼兩樣？強盜搶的是金錢財物，而他奪去的，卻是我珍貴的、用心保護的初吻哪！

他算是哪根蔥哪顆蒜？憑什麼強取這全世界獨一無二的榮幸？越想越氣，在我心中，他已經從正十分變成負一億分了啦！

「學妹，妳、妳不要生氣……」他誠惶誠恐。

叫我別生氣？這種話他怎麼能說得出口？遇到這種事，我能不生氣嗎？換成是他，看他生不生氣？

可惡，可惡，可惡！眞是氣死我了！

正想開口問候他家人幾句話時……

「學妹，你們在賞月啊？」談完情、說完愛、散完步、聽完海的靜雅學姊跟佑齊學長適時冒出來，解救了差一點就命喪在我「刀子口」裡的阿澈學長。

「咦，你們兩個人怎麼啦？」佑齊學長首先發現我們兩個臉上的不自在。

「哪有！」阿澈學長站起身來，用手拍了拍他褲子上的沙，說著：「時間不早了，要不要回去了？」

「阿澈，你的臉怎麼紅成這樣？是不是做了什麼啊？」佑齊學長像發現什麼重大祕密般地大聲嚷著。

「眞的嗎？眞的嗎？」靜雅學姊湊熱鬧地跟著怪叫。

「少囉嗦！要走不走？」阿澈學長有些惱羞成怒，一向溫和的口氣，變得有點急躁。

「眞是見鬼了，一向溫文儒雅的阿澈，居然會使性子耶！」佑齊學長還不忘抓住機會好好地調侃一番。

我感覺阿澈學長好像眞的生氣了，因爲我不經意瞥見他緊握的手臂上，浮起一條條的靜脈血管。

「學妹，來，告訴學姊，你們是怎麼回事啊？」學姊對我露出那種令人毛骨悚然的和藹笑容，我不禁打了一個冷顫。

「什、什麼也沒有！」我知道，我的表情一定好笑死了。

「你們夠了沒啊？」被激怒的阿澈學長，像頭發了瘋的獅子般，張著嘴狂吼。

然後，他拉住我的手，用力地邁開腳步，往停車的方向走去。

我被拖著走，腳步踩得踉踉蹌蹌的，像喝醉酒的酒鬼一樣。

如果是在平常，我一定會對這樣霸道獨行的阿澈學長生氣的，但因爲他正在氣頭上，我反倒變成溫順的小貓咪，乖順不吭聲，任由他擺佈著。

「喂，你們去哪裡啊？」佑齊學長被阿澈學長突然的舉動嚇得楞在原地。

「想回家的就跟過來，不想回家的，就繼續待在那裡吧！」

大約過了一分鐘，阿澈學長才扯著喉嚨，大聲回嚷著。

夜涼如水，然而此刻，我只感覺到阿澈學長溫暖的手心中，所傳遞過來的暖意，完全忘了幾分鐘前，我還對著他怒目相向的情景。

我終於知道，原來，一向膽大如天的我，也是個會怕惡人的膽小鬼……

將我的手包在你微微沁著汗的大手下，也是種幸福？

18

一夜無眠。

隔天一早起床，發現自己臉上兩個深紫色的黑輪眼。嗚，醜斃了！難怪人家說睡眠不足是美容的天敵，眞是一點都沒錯。

出門上課前，靜雅學姊還在睡覺，我在她房門外叫了老半天她也沒回應，大概是睡死了吧。

不管她了，我上課要緊。

走出宿舍大門，竟又意外發現那團蘋果綠！

「學妹，早啊！」阿澈學長一臉笑嘻嘻的，一點也沒有睡眠不足的憔悴樣。

我不打算搭理他，一想到昨晚的事，胸口又忍不住燃燒起熊熊的烈火來。

「我送妳去上學吧！」學長不死心，仍是一臉陪笑著。

才不要！我有腳，會自己走去上課，誰希罕你送！

我不吭聲，自顧自地走開。

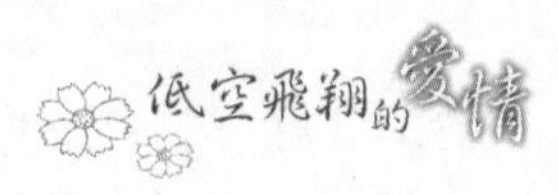

走沒幾步，阿澈學長突然跑到我身邊，拉起我的右手，塞了一個三明治給我。

「妳的早餐。」他的臉上沒有任何慍色，反而堆滿了笑，「不是我做的，是買的喔！所以妳可以安心地吃。」

「你自己吃就好了。」我把三明治塞回他手裡。

「我有了啦！」他揚了揚手上看來有些沉的塑膠袋，裡面好像裝了不少東西。「這個是買給妳的。我想妳昨天回來一定沒睡好，早上可能會睡過頭，如果眞是這樣，大概會忘記買早餐，所以就去幫妳買了一個來。喔！差點忘了，我還有買咖啡牛奶，有一杯是給妳的。」

然後，我空空的兩隻手上，就被一個三明治，和一杯咖啡牛奶給佔據了。

哼！這個沒良心的傢伙，倒還會想到我可能一晚睡不好？我睡不好是誰害的啊？

算了，不跟他計較，而且阿澈學長的牛脾氣一旦被激出來，那是誰也說不過他的。

「多少錢？」無功不受祿，我決定買下他的早餐。

「啊？」他呆了呆。

「這個啊，多少錢？」我晃了晃兩手的早點。

「這是我要請妳的耶！」他說。

「不行，我不能白吃人家的東西，會肚子痛的！」我理直氣壯。

「沒關係啦！」他大方地搖搖手。

「不行不行！」我邊說，邊空出一隻手，往自己的牛仔褲裡掏。

左邊沒有，右邊，也沒有？

啊，不會吧？莫非我忘了帶錢出門？

阿澈學長還在一旁說著：「不用不用！」

「你拿著！」

我把三明治和咖啡牛奶塞給阿澈學長，然後拿下我的背包，放在馬路邊，不管三七二十一，就在馬路邊蹲了下來，一隻手往背包裡掏，想找出我的Hello Kitty粉紅小錢包。

我大概在路邊蹲了五分鐘，背包被我翻得亂七八糟，但，我的錢包就是沒出現。

「學長，我忘了帶錢包了。」如果我現在回宿舍一趟，那上課一定要遲到的。

「沒關係啦，那本來就是我要請妳的。」阿澈學長帶著笑說著。

「不然，我明天再把錢給你。」我也有我身為女生的堅持，絕對不吃平白得來的食物，更何況我和學長非親非故的。

「不用不用啦！」阿澈學長拚命搖著手。

「不行啦！」我堅持。

「眞的不用啦！」

「眞的要啦！」

「不用啦！」

「要啦！」

「不好啦！」

「好啦！」

「陪我吃飯。」

「好啦……啊？」我說了什麼？「你、你剛剛說什麼？」我居然像個猴子似地被耍著玩？

「陪我吃飯。」有一朵微笑，從阿澈學長的臉上緩緩綻開。

「那我說了什麼？」我幾乎不敢相信自己的耳朵！

「妳說『好啦……啊？』」他一字一字地重覆我剛剛的回答，臉上的笑容燦爛又得意。

「好詐！」我的怔忡一下子轉為怒氣。

「君子一言九鼎，妳該不是那種出爾反爾的小人之輩吧？」學長睨著我。

「當然不是！」像我這麼重然諾的人，最討厭別人說我不守信用了。

「那就陪我去吃頓飯吧，不可以毀約喔！」他笑得賊賊的。

狡猾卑鄙！

見我悶不吭聲，於是學長又開口，「晚上六點，我來妳宿舍接妳。」

我心裡只剩挫敗感，莫非「衰神」眞的附身在我身上？

神啊，救救我吧……

愛情

強求而來的緣分，幸福會長久嗎？

19

六點整，阿澈學長的綠色小March準時出現在我們宿舍樓下。

我再度帶著忐忑不安且不情不願的痛苦心情，坐上他的愛車。

阿澈學長似乎很開心，一張臉笑得都皺掉了，就跟意外中了樂透頭彩沒什麼兩樣。

然而，那臉上笑容興奮的燦爛表情，和我心裡頭的烏雲密布，完全是強烈的諷刺對比。

我瞄了一眼阿澈學長今天全身上下的行頭，看得出他是精心打扮過才出門的，否則他身上不會裹著那套俗氣透頂的阿公級深綠色大西裝。

「學妹，妳要不要先小睡一下，到了之後我再叫妳？」學長臉上堆著關心。

「不用了，我不累。」開什麼玩笑？我才不想讓他有機可乘，再度失「唇」……這種場面，我要是睡得著，我頭給你當球踢！

「妳睡一下啦，從這裡到我們要去吃飯的地方，還有一段路耶。」學長仍是扯著笑，好脾氣地說。

只是吃頓飯，能遠到哪裡去？

「我們要去哪裡吃飯？」我禁不住好奇地問。

「晶華。」學長口氣裡有些得意。

哇啊！這個花錢如流水，不把錢當錢看的「好野人」，上次是帶我去王品台塑吃排餐，今天又要帶我去晶華享樂敗家？

眞是個不知民間疾苦的公子哥兒，他不知道現在外面的經濟已經大不如前，失業人數節節攀升，錢越來越難賺了嗎？不體恤父母的苦心，還這麼揮霍無度！

不過，反正吃那麼一頓所費不貲的大餐，對我那乾扁得可憐的荷包不會有任何影響。這麼想想，我也就沒再計較下去，再怎麼說，我也算是個有度量的人，只要不與我的荷包利益相抵觸，我一律不會計較太多。

輕輕地吁了一口氣，我轉頭望向窗外，不想再跟阿澈學長多說一句話。

話不投機半句多，大概就是這樣子吧。

在前往晶華的途中，一向以塞車聞名的大台北街頭，果不其然地塞滿了下班的車潮。我們被困在車流中，行進速度跟老人遲緩移動的龜速有得比。

我盯著窗外的行道樹發呆，車裡迴盪著的，是韓劇《藍色生死戀》的排笛音樂聲。

「季曦，我可以叫妳季曦嗎？」學長突然出聲，破壞了這樂曲的浪漫氣息。

你這不是叫了嗎？

阿澈學長靦腆地揚起一個微笑。

「因爲我覺得叫妳『季曦』比較親近一些，不然老是叫妳『學妹、學妹』的，感覺好生疏。可不可以？」

「隨便。」我冷淡地回應。不過只是個稱謂，叫什麼都無所謂。

「呵，眞的嗎？」阿澈學長喜孜孜的，「季曦、季曦、季曦、季……」

「你有病啊？幹麼一直叫我的名字？」我打斷他，順便送他一個大大的衛生眼。

「沒有，我只是覺得妳的名字很美，叫起來滿好聽的。」學長的狗嘴裡，居然吐得出象牙？

「那也沒有必要像這樣一直叫不停。」活像在叫魂……啊，呸呸呸！我怎麼這麼不吉利啊？竟咒自己死？童言無忌、童言無忌！

「好聽嘛！就忍不住多叫幾遍了。」學長仍是笑。

這麼有氣質的名字，被你這樣一叫，都失去了美感了！

算了，懶得跟他辯。

我又轉過頭看向窗外，望著那一株株隨風搖曳的行道樹發呆，腦筋漸漸混沌了起來。

名字只是個稱謂，重要的是我在你心中的份量。

20

迷迷糊糊中，阿澈學長的臉不斷在我面前放大、放大……我用力揉著眼，集中眼睛的焦距，才看清楚學長那張揉進許多溫柔的笑臉。

好、好丟臉，我居然在學長的車上睡著了！醒來時，阿澈學長正支著頭，揚著笑臉看我。

啊！糗大了，我睡覺時的醜模樣，他一定都看見了！

我下意識地舉起右手，用手背擦著嘴。還好還好，我沒有流口水……

學長仍用他那大而清亮的明眸，熱切地盯著我看，看得我全身的血液幾乎要往腦門裡衝。

「這裡是哪裡？」我艱澀地嚥了嚥口水，潤潤乾涸的喉嚨，然後開口問。

「停車場。」他綻出一個更迷人的笑，「我們已經到晶華了。」

「那你怎麼沒叫我？」一定是存心要看我睡覺出糗的樣子……啊！他該不會是趁我睡著，又偷親我了吧？

我連忙舉起手臂，往自己的嘴唇用力擦。

阿澈學長看穿了我的想法，「我沒有偷襲妳，妳不用緊張成這樣，我不是那種人，沒經過妳允許，我不會做出那樣的事的。」學長表情誠懇。

哼！說謊不打草稿。上次在海邊，我沒有允許，他的嘴還不是就這樣湊過來了？

「我是看妳睡得這麼沉，不想吵醒妳。妳知道嗎？妳睡著的表情很詳和喔，像個天使一樣，有一種淡淡的寧謐氣息。雖然我很喜歡妳潑辣的模樣，不過，妳這樣安安靜靜的樣子我也很喜歡，跟平時的活力有著截然不同的魅力。」學長漾著幸福的笑，輕聲細述著。

眞是神經病！哪個人睡覺時不是安安靜靜的？

「我餓了！」我打斷他的話，把他拉回現實的世界裡。

「那我們快點進去吧。」說完，學長連忙打開車門走出去，然後繞到我這邊，幫我開車門。

我們走進晶華，開始享受那些令人食指大動的大餐，我的胃，隨著那些下肚的美味食物，頓時全開了，再也顧不了什麼形象，就這樣大吃大喝了起來。

「眞希望我有那種權力，可以養胖妳。」就在我第七次拿著盛滿食物的餐盤回座時，學長突然沒頭沒腦地冒出這句話。

我一手拿著盤子，一手拿著叉子，一雙眼骨碌碌地盯著他看。

「妳太瘦了，我不喜歡。」學長接著說。

我就是喜歡瘦啊，關你什麼事！不喜歡？不喜歡最好了，我巴不得能甩開你這個瘟神呢！你以爲我喜歡讓你纏著啊，眞是有病，我瘦也礙著你了？

「所以，我想，如果我能有那種權力，可以養胖妳……」他的嘴還在說。

我悶不吭聲，開始低頭吃著托盤上的蝦子。

「……可不可以呢？」

我抬頭，瞄了學長一眼，發現他的眼睛晶晶亮亮的，閃著某種奇異的光彩。

「什麼東西可不可以？」我問。因爲太專心吃蝦子了，所以我根本就沒有聽見學長在講些什麼。

「我是說，妳願不願意給我這個機會，讓我、讓我照顧妳？」阿澈學長的臉，紅得像顆熟透的紅柿子。

「我是說，我是說……」學長像是怕我聽不懂似的，還想更進一步解釋，「我的意思是，我可以當妳的……男朋友嗎？」

聽到這句話，我又抬頭看了他一眼，旋即又低下頭去，繼續和蝦子奮戰。

「可不可以呢？」等不到我的答覆，於是學長又不死心地追問著。

就在我第三次抬起頭時，卻看到了……

愛情

如果我答應了你的請求，我們就會幸福一輩子嗎？

21

或許台灣眞的很小吧，小到連吃頓飯都會巧遇幾乎要從記憶中抹去、遺忘的人。

我的眼睛越過阿澈學長，落在他後面的那個人身上，心臟不可抑制地跳得亂七八糟，連呼吸都變得紊亂了。

站在學長後面的，是曾經在我年少的大半歲月裡，佔了相當份量的初戀情人。

嚴格說起來，吳鄞勛其實只能算是我的暗戀對象，根本構不上「情人」。

吳鄞勛的表情明顯地呆楞了一下，我知道，他也看見我了。

學長瞥見我極度不自然的表情，好奇地轉過頭去看著吳鄞勛。

吳鄞勛微微扯著笑容，向我頷首招呼，然後離開。

我的目光傻楞楞地追隨著他的身影；和他同桌的，是幾個與我們年齡相仿的年輕男生，大概是他的同學吧。

「妳朋友啊？」阿澈學長滿臉好奇地問著，眼光也不斷地望向吳鄞勛他們那個方向。

「嗯。」我的眼睛仍黏著吳鄞勛，心不在焉地應著，「我國中同學。」

國中三年、高中三年，在同校六年的時間裡，我足足暗戀他有五年半。只是，我始終沒有把這樣的心情洩露出來，即使是和我親如姊妹、自小和我一起吃一根冰棒長大的曉萍，也不曾知道這樣的祕密情愫。

上大學後，我開始學會去接受別人執意示好的感情，踏入其他人所為我砌築的戀愛天堂，我以為自己已經將吳鄞勛封鎖在記憶底層，忘得夠徹底了，卻想不到我們會有再度遇見彼此的一天。

看見他的瞬間，那些被我妥善收藏的記憶，如排山倒海般向我襲來。因激動而禁不住微微輕顫的身子，及這顆因緊張而跳得有點發疼的心，洩露了我一直藏匿得很好的驚慌。

雖然對他的感覺早已經由濃轉淡，但畢竟是自己曾經用心傾付的感情，再度碰面時，仍有種措手不及的心慌意亂。

「喔，長得還不錯耶。」學長的口氣中，沒有明顯的情緒反應。

這不是廢話！我暗戀的人會醜到哪裡去？既然要暗戀，當然就要暗戀那種一看上去就很帥，最好還要有點頭腦、運動細胞好，外加有副強健體格的陽光男孩，總不能叫我去暗戀一個肚大頭禿，又蠢又肥腫的糟老頭吧？

「嗯。」

「學妹、學妹、學妹！」阿澈學長突如其來的大叫，嚇了我一跳。

「幹麼啦？你要嚇死我啊？」我邊瞪著他，邊拍著胸口。

「我叫了妳好幾聲，妳都不理我。」學長的臉上寫滿無辜。

「要做什麼？」眞是的，被他一叫，我的三魂六魄都被嚇跑了，只剩下一魂一魄，勉強定住沒飛走。

「沒有啦，我只是要提醒妳，妳的眼睛……」學長吞吞吐吐的。

「我的眼睛怎麼了？」該不會是有眼屎吧？我緊張地揉了揉。

「它們……它們忘了回來。」

「什麼東西忘了回來？」幹麼說得不清不楚的？

「妳的眼睛。」

「啊？」不懂。

「妳的眼睛從剛剛開始，就一直黏在妳同學身上。」

「我、我太久沒看到我同學，想多看他幾眼，不行嗎？」我有些惱羞成怒。眞丟臉，被發現了！

「可是，妳看得有點久，呆呆的樣子看起來有點像花痴。」

「關你什麼事啊？」我凶巴巴地斥喝著。

學長被我罵得啞口無言，只好像個受盡委屈的小媳婦，安靜地低下頭去吃他眼前那盤食物。

「那個，學長，對不起啦，我不是故意罵你的。」過了大約三分鐘，我看學長一臉悶悶不樂，覺得有些愧疚，才開口向他道歉。

我承認自己的脾氣真的很不好，總喜歡牽怒無辜的第三者。算阿澈學長倒霉，剛好掃到颱風尾。

學長搖搖頭，然後丟給我一個釋懷的笑容。

「學妹，那個人……妳很喜歡他吧？」

我楞住了。

喜歡一個人，要用多久的時間來證明？

22

我躺在床上翻過來轉過去，整個腦子亂糟糟地皺成一團。

剛剛，就在幾分鐘前，我居然接到吳鄞勛打來的電話，眞的是……世界也太奇妙了吧！

想不到他居然還認得我。以前在學校時，基於我青澀的少女矜持，我們根本連一句像樣的話都沒有說過，最常交談的一句話就是：

「吳鄞勛，老師請你去辦公室找他。」

「喔！」

這就是我們所有的交談了，如果這也算是聊天的話。

爲什麼這種跑腿的事都要我做呢？因爲我何其有幸，享有同學們的熱情「愛戴」，十分倒霉地當了整整六年班長。命眞是有夠差的，我的功課又不是特別好，當班長也不是出於自願，可是就是因爲這個頭銜，使得我不管大考、小考、隨堂考、模擬考，只要班上成績不大理想，就要被老師叫去罵，眞是名副其實的「班代表」啊！

命不好，唉……

不過、不過……咦？吳鄞勛怎麼會知道我宿舍的電話呢？我跟那些國中同學早就不聯絡了；至於高中，因爲我是社會組，而吳鄞勛是自然組，他應該也沒認識幾個我們班上的同學啊，那他怎麼會知道我的電話呢？這……這眞是太神奇了，傑克。

突然，一個人的臉閃過我的腦海……

一定是江曉萍那個大嘴婆洩的密！印象中，她跟吳鄞勛的妹妹大學同社團，而且兩個人的感情不錯，所以，曉萍洩密的可能性很大。

我拿起話筒，打算來個興師問罪。

「喂，您好，請問江曉萍在嗎？」溫柔的口氣是爲了掩飾內心的狂風暴雨。

「唉唷，三八曦，我就是啦！」不知大禍已臨頭的曉萍三八兮兮地笑嚷著。

「怎麼沒出去玩啊？」痛宰之前，先來個幾句客套話，使敵方鬆懈戒心。

「昨天去玩通宵，快累垮了，全身的骨頭都快散掉了。呼！好累。」曉萍愉快地「抱怨」著。

「妳……」我正要開口質問，卻被那個大嘴婆打斷我的話。

「喂喂喂，那個吳鄞勛有沒有打電話給妳啊？他前天打電話來問妳的電話耶！有沒有

「啊？他有沒有打？」曉萍興致勃勃地問著。

「所以，妳就告訴他了？」攻心的怒火已經衝到嘴邊，匯成連串的抱怨了！這個見色忘友的大色女！

「對啊，因爲我覺得你們很配嘛。喂，他到底打了沒啊？」她又不死心地追問著。

「嗯。」

「『嗯』是打了還是沒打？」

「打了。」

「眞的打了？哇哈哈哈……」這個三八女突然狂笑了起來。

「妳有病啊？幹麼笑成這樣？」

「妳不知道，我可是贏了一頓鬥牛士耶。」曉萍喜孜孜的。

「什麼意思？」我一頭霧水。

「我跟吳鄞勛他妹打賭，賭吳鄞勛會不會打電話給妳。然後，我贏了！呵呵！」

「江曉萍，妳是共產黨啊？拿朋友來當籌碼，再這樣下去，難保哪一天我不會被妳賣到國外去援交！」我氣呼呼的。

「唉唷，幹麼氣成這樣嘛？又不是什麼嚴重的事。」聽她的口氣，好像是我緊張過度似的。

她不是當事人，當然不在意，可是，當事人是我啊！

「妳很討厭耶！幹麼把我的電話給他嘛！」想發脾氣，偏偏面對這個沒神經的，脾氣就是發不起來，唉，交到壞朋友……

「他不錯，妳也不錯啊！兩個不錯的人，如果湊在一起，就會變得很好了。」

這、這是什麼歪理啊！

喜歡並不代表一定要佔有。

「喂，那吳鄞勛打電話給妳到底要做什麼啊？該不會是要約妳出去看電影、吃飯之類的吧？」她神機妙算地一語命中。

「嗯。」我哼了一聲。

「『嗯』是什麼啦？妳今天很奇怪耶！問妳什麼都不回答，只會嗯嗯啊啊的。」曉萍不耐煩地斥喝著。

「就是妳說的那樣啊。」

「哇……看電影、吃飯啊？」她露出羨慕的口吻。

「對啦！」

真是有夠莫名其妙的，突然打電話來要邀我出去，到底在想什麼？

他該不會是在多年後的現在，才忽然發現我秀色可餐的美貌，然後開始垂涎我吧？

還是我那幾近枯槁的桃花園正值盛開的花期，讓那些凋萎的桃花復活，而呈現「桃花朵朵開」的榮景？

「那你們什麼時候要去約會啊？」曉萍興奮地問著。

「我沒答應。」

「喔……啊？妳說什麼？」她叫魂似地鬼嚷著。

「我說，我沒答應跟他出去吃飯看電影。」

「爲什麼？」她震耳欲聾的聲音，透過話筒傳過來，差點把我的耳膜震破。

「小姐，氣質、氣質！」我好心提醒她。

「跟妳的幸福比起來，我的氣質算什麼？喂！妳有病是不是？都到了拉警報的年紀了，好不容易有個好心的男人想收容妳，妳居然神氣巴拉地拒絕！」她說得義憤塡膺。

「可是，妳不覺得很奇怪嗎？他爲什麼突然冒出來邀我？我和他以前又沒有同班過，在學校也沒什麼交情，頂多就是幫老師去叫他，然後，他就這樣跟妳要我的電話、約我出去……唉唷，我也不會講啦，反正很奇怪就對了！」我的腦子裡塞滿了各種大大小小的疑問。

「有什麼好奇怪的？搞不好那個吳鄞勛老早就在暗戀妳了，只是妳不知道。」

聽到曉萍這樣說，我的心臟像是被人擰了一把似的，微微發疼著。

曉萍，妳不知道，其實暗戀的人是我，只是我沒有說出口的勇氣，以前沒有，現在更

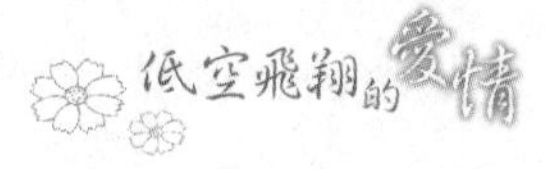

不可能有。

如果可以選擇，我想選擇塵封記憶，讓所有的心事隨時間風化，沒有一絲絲的戀棧，沒有任何可能起頭的開始，也就不會有結束的一天了。

這樣的想法也許很鴕鳥，卻是我一直希望的。

把愛戀的心情深埋在連自己都無法探測的最深處，自私地不對任何人說明，讓這樣的祕密完完全全屬於我，等到老得齒搖髮疏，再拿出來細細回想，一定格外馨香甜美。

我從來就沒有想過，或許有一天，自己可能會和吳鄞勛談一場動人的戀愛，因爲我始終覺得，喜歡並不一定要佔有，適當地保持距離，反而能讓喜歡的感覺雋永不滅。

「妳眞的不打算和他出去啊？」三八曉萍又不死心地問了一遍。

「沒錯。」難不成要我在她面前發下毒誓，她才願意相信？

「還是妳有喜歡的人，才不答應他？他說他遇見妳時，妳正和一個男生在吃飯。喂，該不會是妳的新歡吧？如果眞的是這樣，那妳就太不夠朋友了，連這樣天大的事都沒跟我說，枉費我還是和妳共度思春期的患難之交！」曉萍劈里啪啦地說了一堆，引起我一陣笑。

「那個人是我學長啦！」

「學長喔？那怎麼會在一起吃飯？他是不是在追妳啊？」

眞令人尷尬的問題，這叫我怎麼回答？

「被我猜中了吧！」她得意洋洋的，「每次只要我一猜中妳的心事，妳的口氣就會變得很猶豫。」

這傢伙，好像知我甚深似的。

「嘿嘿……」我傻笑。

「嘿嘿妳個頭啦！」她笑斥著，「還是妳比較喜歡妳學長？」

聽到這句話，我差點沒從椅子上摔下去，拜託，喜歡那個沒神經的阿澈學長？還是殺了我比較快！

愛情

聽說，當回憶慢慢累積，就會釀成海一般深的思念了。

24

結束與瞌睡蟲進行拉鋸戰的兩堂通識課後，我拖著疲累的身子走在回宿舍的路上。

「學妹！」靜雅學姊突然從我背後叫住我，然後小跑步來到我身邊。

「咦？學姊，妳今天有課啊？」眞是見鬼了，這女人今天居然沒翹課。

「學妹，妳那是什麼口氣啊？我偶爾也是會有想當乖寶寶的時候嘛！而且我都快畢業了，人嘛，都是有感情的，雖然我很不喜歡那些老是當掉我的教授和講師，但至少我對這個校園還是有很多感情的。」

學姊難得說出這麼感性的話，眞是讓我感動得差點掉下淚來。

「對了，妳跟學長現在怎麼樣了？」學姊突然牛頭不對馬嘴地問起。

「什麼怎麼樣？」還能怎麼樣？不就是這樣？

「有沒有更進一步交往啊？」學姊表情賊兮兮的，好像我跟學長眞的做了什麼不可告人的事一樣。

「沒有啦！」眞是無聊！都快畢業了，不煩惱自己的未來，盡是關心一些雞毛蒜皮的八卦無聊事。

「沒有喔？」她露出失望的表情。

「妳呢？跟佑齊學長怎麼樣了？」突然想到阿澈學長那天在淺水灣說起，學姊和佑齊學長正在交往，我一直都沒有向學姊求證，正巧藉著這個機會問她一下。

「哪、哪有怎麼樣？」

天哪，我有沒有看錯？我居然看到學姊害羞的表情？

嘖嘖，眞是太神奇了！

「阿澈學長說你們在交往。」

「還沒到那個地步啦，我們還在彼此適應……」學姊嬌羞地扯著笑，眞是見鬼了！

原來在學姊那個男人婆的個性下，也會有小女人的溫柔面。

「學姊，要加油喔，不要讓幸福變成回憶了。」我衷心祝福著，能看到身邊的每個人都幸福，也是一種福氣。

「學妹，聽學姊一句話，我覺得阿澈學長眞的不錯，妳可以認眞考慮看看。」

難怪人家說「戀愛是盲目的」，果然沒錯，才沒多久的時間，學姊已經變成敵軍陣營裡的先探部隊了。

「再說吧！」我敷衍她。

感情的事，怎麼能夠商量呢？又不是買賣交易。

「妳不要……」

忽然，我聽不見學姊的聲音，聽不見耳邊呼嘯的風聲，聽不見鞋子踩在落葉上的窸窣聲，聽不見周圍同學們的交談聲，因爲我看到了吳鄴勛站在校門口的高大身影……

他的嘴角揚著，微笑看著我，我的心跳頓時亂了，漏了好幾拍。

學姊還在我身邊吱吱喳喳的，但我只聽見自己怦怦的心跳聲。

我很想假裝若無其事地從他身邊走過去，但他卻出聲叫住我。

「江季曦。」他的嗓音低沉溫柔，開口說話時，有種迷人的腔調。

「咦？學妹，他在叫妳耶。」學姊好心提醒我。

「我、我有聽到啦。」

「那還傻在這裡幹麼？快過去啊。」學姊推推我。

我只好硬著頭皮，往吳鄴勛的方向走過去。

「呃，你好！」天哪！殺了我吧！這是從我嘴裡說出來的話嗎？怎麼土到不行？

「等妳好久了。」他笑著，十足的王子笑容。

我的腦子倒過來又翻過去，整個感覺都不正常了。

「有、有事嗎？」面對吳鄞勛，雖然我很想莊敬自強起來，但總是失敗，唉！

「我在電話裡說過了，今天會來找妳一起去吃飯。」他說得理所當然。

「可是，我不是跟你說過我今天有事，沒辦法跟你出去嗎？」我的整張臉不由自主地滾燙了起來。

「喔！我忘記了。」他搔著頭，傻氣地笑著。

可是，我知道他是假裝忘記的。

「不過，既然我都特地來了，妳就勉爲其難陪我去吃一頓飯吧？」他學布萊德彼特在汽車廣告中雙手合十的拜託動作。

帥哥就是帥哥，連模仿個動作，都和布萊德彼特一樣帥。

然後，我就在學姊驚訝的表情中，跨上了他的機車後座。

車子啓動時，我瞥見停在學校門口對面那團我熟悉的蘋果綠，和坐在車裡的阿澈學長，而他的臉上表情，揉著震驚、難過、不可置信、失望，還有各種複雜情緒。

不知怎麼的，看到學長的那一瞬間，我心裡摻進了一些酸酸澀澀的感受……

當吳鄞勛的摩托車從阿澈學長面前飛奔而過，我下意識轉過頭去看著學長，直到那團蘋果綠化成如星辰般的小碎點後，我才回過頭來。

當牽掛開始具體，是否表示我已經在你的愛裡淪陷了？

25

至今，我仍然無法理解自己爲什麼會莫名其妙坐上吳鄞勛的機車，因爲這一時衝動，使得我現在如坐針氈。

氣氛陷在一片稠得化不開的死寂尷尬中……

吳鄞勛把機車騎得飛快，我想，他一定是個喜歡追趕速度的人。

突然發現，在默默暗戀他的五年半，猶如一頁空白潔淨的紙張，我對他的一切都不了解，包括他的朋友有誰、他的脾氣怎樣、他喜歡什麼、討厭什麼、他對未來的想法……我全都茫茫然的一無所知！

如果，我所喜歡的只是他又高又帥的外表，和他迷人的溫暖微笑，那這樣，算不算是一種盲目？

「去吃鬥牛士，好嗎？」吳鄞勛在路口停紅燈時，開口問我。

「都好。」雖然坐上他的車已經有二十分鐘之久，但我仍有種置身雲端的不眞實感。心情十分複雜，說不上來是什麼感覺，沒有興奮的雀躍，也沒有欣喜的情緒，只是一整個亂，像理不出線頭的毛線球，亂七八糟地糾纏成一團。

「還是妳想吃其他的？」他轉頭看我，順便送給我一個有著他註冊商標的招牌笑容。就是這樣的笑，讓我脆弱的少女心，心甘情願牽掛了五年半，沒有半句怨言。

「去吃鬥牛士就好了。」

其實我明白，現在不管在我面前擺了多誘人、多令人食指大動的五星級美食，我還是會食不下嚥的。在自己暗戀多年的夢中情人面前，誰還能若無其事地大吃大喝？

一路上，我們就只在路口等待綠燈亮起時的那一次，說了這麼幾句話。大多時間裡，我耳邊迴繞的，是隨著速度加快不斷呼嘯而過的風聲，偶爾還會伴隨著我不平靜的心跳聲。

這下子，我才驚覺，即使時間過了這麼久，我對他的感情仍然清得不夠乾淨，心裡還殘留著過去的記憶，所以再度面對他時，才會如此惶然不安，深怕一直刻意要忘記的感情，會一觸即發。

在鬥牛士裡，我果然吃得少之又少，十足的食慾不振。

「怎麼吃這麼少啊？不好吃嗎？」吳鄴勛在他自己吃下最後一口菲力牛排，而我卻只吃了五、六小口蘑菇豬排後，開口問我。

我勉強扯出一個笑容，超不自然的那一種。

「不是，剛才飲料喝太多了，現在有點吃不下。」我胡亂謅了個藉口騙他。其實，我從一進來，到目前爲止，總共也才喝半杯多一點點的蘋果汁，但是總不能對他說「是你害我吃不下的」吧？

「要多吃一點才好，妳知道嗎，妳太瘦了。」

他用一種研判的眼神看著我，淡淡地說著，卻讓我的心，陷入一種觸動心弦的怔忡之中。

在不久前，也有個人這樣對我說過，只是，他似乎總能更細心地觀察我的一舉一動；能在我以「龜快」的速度，嚥下第二口食物時，開口問我吃不下的原因，並關心地問我要不要吃吃他盤裡與我所點的口味截然不同的餐點，而絕不是在自己吃飽喝足後，才有意無意關心著。

這一刻，我居然有點反常地想起那個令我厭惡至極的阿澈學長。

要是我對面坐的是他，氣氛一定會被我們吵得熱熱鬧鬧的，絕不會像現在這樣沉悶死寂。

要是我對面坐的是他，我也許依然吃得不多，但絕對比現在多。

要是我對面坐的是他，我絕不用這樣彆扭地掩飾眞實的自己，而虛僞地裝淑女。

要是我對面坐的是他，我……

可是，我對面坐著的，偏偏不是他！

而是那個曾經讓我喜歡得一塌糊塗，輕易地用一個微笑，就把我迷得七葷八素的吳鄞勛；是曾經只要聽到他的名字，就會讓我全身軟弱無力的吳鄞勛；是曾經每天只要看他一面，就能開心一整天的吳鄞勛。

不是梁浩澈……

我突然想到那天在晶華吃飯時，學長問我是不是喜歡吳鄞勛。

「你爲什麼這樣問？」我不承認也不否認地反問他。

「因爲，妳看他的眼神很特別，很不一樣……」學長觀察入微地說。

「哪有什麼不一樣？因爲他是我同學，我們太久沒有見面，我當然會用懷念的眼神多注意他啊。」我心虛地回應。

「不是這樣的，我知道。學妹，妳看他的眼神，就像我看妳的眼神一樣，那種眼神是包容、是喜歡、是等待、是無怨無悔的眼神。」

原來眼神會流露這麼多情緒？這還是我第一次聽到。

「因爲喜歡妳喜歡到心裡頭去了，所以，我開始學會從妳的眼神去讀妳的心情、妳的感情，及對我的感覺。可是學妹，我……不瞞妳說，我有點難過。原來我在妳心中，還是這樣微不足道，那是在我看到妳看他的眼神後，才強迫自己相信的。」

那一幕，阿澈學長哀傷的臉定格在我腦裡的小小角落，偶爾想起，仍會覺得不忍。

可是，愛情就是這樣，並不是你眞心付出，就能獲得回報的。

無怨無悔地愛著，需要多大的勇氣？

26

吳鄞勛送我回宿舍時，已經晚上十一點多了，沿途我們還是沉默得連一句話都沒有說。

在心裡，我模模糊糊地想著，如果我眞的跟眼前這個人交往，遲早有一天，我一定會被他的安靜沉默活活悶死的。

唉，不說話，毋寧死。上帝賜給我們這張嘴，除了用來吃之外，大概最大的功能就是「說話」吧，用不著白白糟蹋了上帝的美意吧！

機車停在我住的宿舍樓下大門前，我跨下機車，邊跟吳鄞勛道別，邊伸手進背包裡掏鑰匙，心裡無聊地盤算著等一下是要先洗澡，還是先煮碗泡麵來拜祭我因爲裝淑女而餓得可憐兮兮的五臟廟。

「想知道我爲什麼會來找妳嗎？」吳鄞勛在我轉身將鑰匙插進大門鑰匙孔時，突然打破沉默，問我。

我瞥過頭去，用無法理解的表情盯著他看。

老實說，我眞的很好奇。

因爲我既不漂亮，也沒有傲人的身材，更沒有連城的家產，是標準的「說人才，沒人才；論身材，沒身材；要錢財，沒錢財」。一無可取。

吳鄞勛的眼神突然變得熱切而認眞，像是兩簇燒燙的火苗，熊熊地在眼底燃燒。

「說來妳也許不相信，但是，我從國三時，就開始喜歡妳了，只是一直沒有勇氣跟妳說，因爲我擔心結果會令我失望。高三那年，我決定把這份情感收藏在心底，畢竟這是我一直很用心去執著的感情，不對妳表白，是緣於害怕不能承受傷心難過的結果，所以只好隱藏。可是，再遇見妳，我才發現，這樣的喜歡原來還存在得這麼鮮明深刻，一點也沒有改變，所以，我來了。」

哇啊，眞感動，這是他今晚第一次說這麼多話。

不過，他這樣的告白，可讓我傻眼了……

我的耳朵一直嗡嗡嗡地響個不停，極不眞切。

「說起來，也許有點像小說的情節，但卻是千眞萬確的。我想跟妳交往，可以嗎？」

他誠懇地盯著我，透過路燈的照映，我看見他微微漲紅的臉。

「我……」完了！我根本就說不出話來，舌頭像打結一樣，卡在嘴巴裡。

心裡亂七八糟的，根本就分不清現在的心情是不安，是訝異，還是苦盡甘來的欣喜若狂，只感覺不斷加快的心跳一直鼓動著。

「妳可以仔細考慮過後再回答我，我不想得到一個倉促的答案。我可以等，等妳給我一個不會令妳後悔，而且出自眞心的答案。」

我還是呆楞楞的，吐不出任何一句話來。

「時間晚了，妳早點回去休息吧。」他的語氣輕輕柔柔的，軟得像綿花糖一樣。

和吳鄞勛道別後，我踩著沉重的步伐，一步一步往我住的樓層走去。

現在耳邊迴盪著的，是吳鄞勛幾分鐘前的那番話，鏗鏘澎湃地撼動我的心。

說不開心是騙人的，畢竟女人是愛慕虛榮的動物，就算不喜歡對方，還是會從男生的告白中，得到某種雌性動物的驕傲感。

更何況，吳鄞勛是那種走在路上會讓人頻頻回頭看的帥哥掌門人。

可是，我還是覺得太不可置信了，擔心這會不會只是一句他信口雌黃的玩笑話，等到我歷經幾番內心拉鋸的掙扎，終於決定告訴他我的答案後，他才嘻嘻地扯著惡劣的笑容說：「哈哈！妳居然眞的上當？我只是開玩笑的耶。」

唉！我到底在想什麼啊？吳鄞勛像是那麼惡劣的人嗎？可是、可是……世風日下啊！

什麼事都不能只看表面的……

我好像想得太多了，想得頭都痛了起來。

不過，要我跟這麼寡言鮮語的人交往，我一定會被悶死，要我不說話，倒不如一刀捅死我算了。

對我來說，說話就像是空氣之於人一般重要，唯有在不斷講話的過程中，我才能確實感覺到自己的存在，所以，曾有朋友戲謔地對我說：「等妳掛了，全身上下的器官都停止運作後，大概就只剩下那張嘴還在喋喋不休吧！」

總之，我無法想像自己一個人在那裡說得欲罷不能、口沫橫飛，而另一個人卻像隻石化了的呆頭牛一般，完全無動於衷。

怎麼越想越多了？不過就只是有個不怕死的人冒出來向我表白，沒有必要搞得整個人都失了神吧？眞是的！

但是，眞要我跟他交往，我還是有一點猶豫。畢竟現在的我不急著談戀愛，只想好好過完我所剩不多的寶貴學生生活，即使吳鄞勛曾經讓我那麼心神不定地意亂情迷過……

想著想著，不知不覺中，我已經走到我住的樓層了。打開大門，只見靜雅學姊坐在客廳裡看電視，這個電視兒童！

「就妳一個人在啊？文怡還沒有回來嗎？」我很不淑女地打了一個哈欠。

「妳去哪裡了？」學姊不回答，反而詢問我的去處，口氣有點像是結婚多年的老婆在質詢外遇的老公去哪裡般。

「去吃飯啊。」我有氣無力地坐到她身邊，順便又打了一個哈欠，睏死了！

「那個男生是誰？」學姊指的是今天在校門口遇見的吳鄞勛。

「一個朋友。」

「什麼朋友啊？很熟嗎？」

「國中同學，普通熟。」哈欠接二連三地打個不停，我用手揉了揉眼睛，順便抹掉眼角擠出來的淚水。

「普通熟就跟人家出去，不怕被載去賣嗎？」她嗤之以鼻，好像對吳鄞勛有很多意見似的。

「沒這麼誇張吧！」她的反應怎麼這麼激烈啊？又不是我媽。「不跟妳說了，我累死了，要先去洗澡了。」

趕快腳底抹油，不然再這樣跟她僵持下去，一定沒完沒了。

然而，我經過浴室，正要走進自己的房間時，浴室的門突然打開，把一向膽小的我嚇了好大一跳，接下來我所看到的，更讓我不敢相信自己的眼睛。

透過你的眼所看到的我，是怎麼樣的一個人？

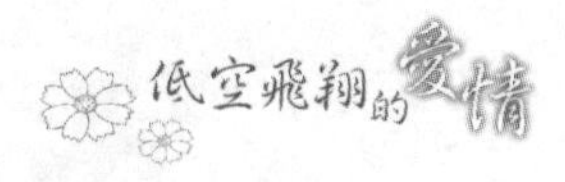

27

我彷彿是看見了什麼千年老妖怪般，直盯著我眼前的人。

「妳回來啦，學妹。」

我是眼花還是產生幻覺了？阿澈學長現在居然站在我面前，揚著笑注視我。

我的心臟在看到他的那一剎那間，震了好大一下。

「你在這裡做什麼？」不知道爲什麼，看見他，我居然有一絲莫名的高興，雖然我的口氣還是冰冷得像一座頑固的冰山。

「在等妳啊。」他依然好脾氣地扯著笑。

「等我做什麼？」明明開心，我還是那副不爲所動的死人樣。

「嗯。突然想和妳說說話。」學長不知所措地搔著頭。

「你來多久了？」我牛頭不對馬嘴的。

「喔，一下下而已。」很明顯地，他在扯謊，因爲他眼神緊張得一直東瞟西晃。

好吧，人都有難言之隱，我就暫且不拆穿他了。

「那你要跟我說什麼？」

「嗯……喔，時間、時間晚了，妳早點睡。」他紅著臉，努力把這句話說完。

我心裡突然微微地生起氣來，至於生什麼氣，我也說不上來，只是覺得不喜歡聽見他說著言不由衷的謊言。

我知道他在說謊，雖然他極力想讓自己的表情看起來和平常沒什麼兩樣。

突然有些懷念他那種白痴的示愛方式。

「就這樣？」瞪視他幾秒鐘後，我才開口。

「嗯。」他輕輕地、心虛地點點頭。

「好！那我就早、點、睡。」我故意把「早點睡」這三個字加重語氣，並且說得很大聲，然後，轉身準備往房間的方向走去。

「等、等一下啦。」學長伸手拉住我。

他的手還是一樣溫暖，一樣能打亂我規律的心跳頻率……

我停下腳步，轉頭瞪著他，臉上有怒氣，爲什麼會有怒氣？我說過的，我不知道。

「妳等一下再睡，先聽我說完這些話，可以嗎？」學長低聲問。

要說什麼？

我忍不住在心裡臆測著可能從他嘴裡吐出的話語。

「好，你說。」

「不過，要在這裡說嗎？」學長四處張望了一下，然後眼光直勾勾地盯著我背後看。順著他的眼光，我看到靜雅學姊賊頭賊腦地躲在牆角偷聽我們的對話。接觸到我殺人般的凶狠眼神，學姊於是笑嘻嘻地裝著傻。

「啊！你們口渴不渴啊？要不要喝些飲料什麼的？」學姊作勢要開冰箱的門。

「不用了，學姊，妳早點睡吧。」說完，我就拉起學長的手走進房間，關上房門。開玩笑，要是被靜雅學姊這個大嘴巴知道我們的談話內容，明天再大肆去宣傳，看我還要不要做人。雖然我不知道學長可能會說出什麼話。不過，根據經驗法則，大概是諸如「可不可以讓我照顧妳」，或「妳對我真的很重要」這一類求愛十八招的話吧！

關上門，我放下背上的背包，轉身準備聽學長可能說出口的噁心告白時（沒辦法！根據經驗法則，阿澈學長對我說的話，很少不噁心的），卻看見他正坐在我床邊傻笑著。

「誰准你坐在那裡的？」我吼著，然後拉了一把我讀書時在坐的木頭椅到他面前，指了指，「你只能坐這個。」

「喔。」說完，他順從地將屁股挪到那張木頭椅上，臉上仍是傻楞楞的笑。

「你花痴啊?笑成那樣!」害我全身雞皮疙瘩都冒出來了。

「學妹，妳知道嗎?這是妳第一次主動拉我的手耶!」學長得意地向我炫耀。

「我有拉你的手嗎?」我怎麼都不記得?

「有啊!就妳剛剛要我進妳房間來的時候拉的。」他依然是那張傻呼呼的笑臉。

拜託，我是情非得已才伸手拉他的，總不能跟他說「來吧!跟好」吧?

「這樣也值得你那麼高興嗎?」我頓時非常無力，這人難道是花痴轉世嗎?

「嗯嗯嗯。」學長點頭如搗蒜，「我今天晚上不洗手了。」

天啊，誰來把我一棒打昏吧!

他果然是花痴轉世的!

愛情

記憶一層一層堆疊，於是我開始對你動心了。

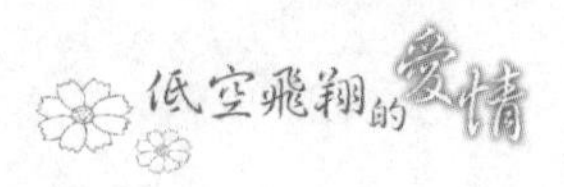

28

「你到底想跟我說什麼？」我耐住性子，一字一句問道，很爲他那種無謂的沾沾自喜感到丟臉，好像八輩子沒讓女人碰過一樣。

「喔。」他這才歛起那張傻笑的嘴臉，恢復正常。

「我、我……」他變得結結巴巴的。

「到底是怎樣啦？」我忍不住朝著他嚷嚷，人的忍耐是有限度的，更何況我向來就超沒耐性，禁不起人家對我耐性的考驗。

「我、我今天有看到妳和妳那個同學出去……」學長像個受盡委屈的小孩，露出可憐兮兮的表情。

我點點頭。我也看見他了。

「所以，我就來了，我想來跟妳要答案。」

他的話，讓我怔住了。「你要什麼答案？」

不知道爲什麼，我突然很害怕給他答案，如果是在幾個星期前，我一定可以毫不猶豫地馬上拒絕。

可是現在，我居然開始會在莫名其妙的情況下，偶爾想到他這個人。雖然我一直把這樣的奇怪反應，歸咎是過度遭受他精神荼毒的結果，但我知道事實並非如此。

我開始習慣生命中有他這號人物了！

縱使如此，要我這樣就跟他交往，未免太隨便。

在一份感情還未明確，我還不至於一想到那個人就臉紅心跳，也還沒有讓那個人完全佔據我心裡那塊版圖之前，我是不會輕易點頭答應接受對方的感情的。

對阿澈學長，我也不能免俗！

「妳、妳……妳願不願意讓我照顧妳呢？」他好像很緊張，眼睛不大敢直視我。

我不知道要說什麼，只能呆呆地望著他。

如果拒絕了，我知道他今後就會從我的世界裡飛出去，再也不會回來了。從他的眼裡，我看見了某種斷然的決心。

學長聽不到我的回應，於是他抬起頭來。

「我很高興，妳不再像以前一樣一口就拒絕我。那表示也許我在妳心中，可能開始有些份量，再也不是微不足道像片羽毛一樣輕飄飄的存在了。可是，學妹，我不是聖人，我知道這樣下去是不行的……」學長的臉上瞬間揉進了許多不捨和心疼。

「我很喜歡妳，學妹，喜歡的程度是妳無法想像的，就像是可以爲一個人生、爲一個人死一樣的深刻沉重。我不敢說自己的感情有多偉大，但是，我可以給妳最完全的保證，保證妳還在我身邊時，給妳最大的幸福、最多的快樂，保證絕口不提分手，保證不會讓這顆心再爲妳以外的任何一個女孩子心動。妳是第一個讓我有想共度一生念頭的女生，是我活了二十幾年來，唯一讓我有這種感覺的人，我說的是眞的，沒有騙妳！」

學長眞誠的表情，幾乎要感動我了……

「可是，」學長接著說：「不知道爲什麼，我突然覺得，如果我再不跟妳要答案，我就會失去妳了。本來我是可以等妳的，可以等到妳終於對我動心，終於可以接受我的感情的那一天，只要妳願意開口叫我等。但是，現在我覺得再也不能等了，自從妳那個同學出現之後，自從我發現妳看他的眼神不一樣之後……」

「學長，我……」我發誓，我眞的很想開口對他說些什麼的，但我就是說不出話來，我的喉嚨像被人用利刃劃了一刀似的，發不出聲音，所有的言語全變成無聲的空氣。

「所以今天，當我在校門口發現妳和他在一起時，我就決定來找妳要答案。我知道我的條件並不算好，還搆不上妳心目中理想情人的標準，但是，我相信我喜歡妳的程度，比起其他任何一個人，都是有過之而無不及的！」

說完，學長定定地看著我。

我突然不由得難過了起來，於是，不輕易在人前落下的眼淚，輕悄悄地背叛了我的眼睛。

我知道，也許今夜過後，學長就眞的要離開我的世界了，因爲，我還是不能給他一個肯定的答案。

在我心中，愛情的雛型仍未完整，學長給的情感，還不足以讓我爲他著迷、爲他瘋狂。

「學妹，妳……」學長看見我的眼淚，整個人都慌了，他手忙腳亂地用他的手，抹乾我的臉。

我搖搖頭，還是說不出話來。

「妳別這樣。我知道我不應該這麼急，對不起，妳別生氣，對不起。」學長仍是一臉關心的表情。

我還是搖頭，一邊努力平息內心的不平靜。

好半天，淚水逐漸歛息了，我開口說：「學長，我、我還是不能給你答案……」

然後，我看見學長的表情像是被人捶了一拳一樣難看。

我走到房門口，打開房門，「你走吧！再見。」

當學長拖著艱難的步伐踏出我房間，我的淚終於不可抑制地潰堤了。

學長，對不起，或許我也喜歡你，但我很明白，那樣的喜歡，應該只是單純的喜歡，沒有摻雜任何男女感情的喜歡，這樣的喜歡並不是愛，所以我只能對你說對不起……學長，對不起。

你是否已經決定，帶著你的笑，遠遠地飛離我的世界？

29

阿澈學長徹底從我生命中消失，已經有兩個星期了，這一次，他像是下定了決心似的，沒留下隻字片語，也不肯讓佑齊學長洩露他的行蹤。

靜雅學姊三不五時就追問我，想知道那天晚上在房間裡，我到底跟學長說了些什麼。她說，其實那天學長在看到我搭上吳鄞勛的車子後，就跟著學姊回宿舍了，還煩惱得連晚餐都沒有吃。

她這幾天常常在我耳邊叨叨地唸著，「我是不知道你們之間發生什麼事啦，但是人家對妳的眞心，妳該不會眞的把它當牛糞吧？別蠢了好不好？連這麼好的男人都放著不要。」雖然她唸歸唸，表面上說再也不管我們的事，但私底下，我知道她每天都很用心地去找佑齊學長哈啦，看看能不能從他口中套出阿澈學長的行蹤。

但是，佑齊學長的嘴實在是跟Hello Kitty有得拚，一點點蛛絲馬跡都不肯透露，只說阿澈學長在閉關。

我知道，學長其實是在躲我。

那天學長從我的房間離開之後，我就像被下了蠱一樣，每天都會想起他，想起他總是揉著柔情的寬容笑臉，想起他說話的模樣，想起他認眞的眼神，想起他手心的溫度，偶爾，還會想起海邊那個該死的吻！

每想起他一次，我的心裡就會漫著酸酸疼疼的扎痛感，常常想著想著，眼裡就漸漸浮出一層淡淡的水氣。

學長離開後，我才發現，原來，我已經在不知不覺中，習慣生活中有他這號人物。所以，當他就此消失，我的世界也彷彿瞬間被掏空了一般，連生命都變得空蕩蕩的，不再有重量……

雖然，吳鄞勛每天都會來校門口等我下課，陪我逛街、吃飯，但是我卻沒有辦法再眞心微笑了。心裡頭似乎有什麼正沉甸甸地壓著，弄得我心情悶悶的，開心不起來。

吳鄞勛雖然話不多，但是他很溫柔，行爲舉止就像是個王子，紳士而優雅。

他也在等我的答案，他要我在一個月後，再親口告訴他我的答案，這段等待答案揭曉的時間，他會一直陪在我身邊。

我想，我很難拒絕他，畢竟我曾經花了那麼多時間喜歡他，雖然他有時讓人覺得靜得很無趣，不過，這也許可以解釋爲「內斂」吧！

他還是有幽默的一面，只是不像有的男生那樣，常常表現出嬉皮笑臉的痞子樣。

每次他來，我總是不知道該用什麼方式拒絕他，就這麼任由他陪著。有他陪在身邊，就能短暫填補我心裡因爲想念阿澈學長而碎裂開來的寂寞空隙。

阿澈學長離開兩個星期後的那個週六下午，我和曉萍同時回到台南的老家，於是我們約在高中時常去的那間咖啡廳碰面。

「哇，妳怎麼這麼憔悴啊？不是說戀愛中的女人最美嗎？妳……」才一見面，大嘴萍的嘴就像壞掉的拉鍊一樣開著，關都關不上。

「說累了沒？」我托著腮，慢慢拿起她眼前的那杯白開水，舉到她嘴邊，「喝一口水如何？」

她果眞低下頭喝了一口，然後又準備要接著說：「那個……」

「江曉萍，我是找妳出來聊心事的，不是來聽妳嘮叨的，好不好？」我打斷她。

「喔喔喔……呵，一時忘了！」大嘴萍傻笑著，「好吧！那妳要說什麼？」

果然是個直腸子，說話都挑明要用開門見山法。

「誰跟妳說我談戀愛了？」怎麼連我自己都不知道我談戀愛了？

「吳鄞勛他妹……啊！難道不是？」曉萍睜圓了好奇的大眼，直直盯著我看，「不過，我想傳言大概眞的有錯吧，妳這副鬼樣，說是失戀還差不多。」

「喂！妳講話一定要這麼直嗎？什麼叫『這副鬼樣』？眞難聽。」我瞪她。

「唉唷，我們都熟得快爛掉了，還計較這麼多幹麼？」她一副不以爲然的表情。

「喂，妳眞的沒有在跟吳鄞勛談戀愛嗎？」大嘴萍見我悶不吭聲，又開口問。

我搖搖頭。

「爲什麼？」她不死心地追問。

爲什麼？其實我也想知道爲什麼啊！

明明曾經喜歡他喜歡得要命，現在他出現在我面前，伸出手，對我做出邀請的動作，要我陪他在愛情的國度裡共舞，我卻反而躊躇不前。

然後，阿澈學長那張憂鬱的臉，就這樣從我腦海裡蹦出來。

會不會，這就是問題的癥結？

你離開後，我終於知道什麼叫做寂寞了。

30

我悔惶地露出一個不自然的微笑，「說不定、說不定……我是喜歡上別人了。」

「誰？是誰？」曉萍的眼睛瞬間亮了起來。

「一個學長。」我不確定地說著，想起阿澈學長，心跳還是會亂了頻率。

「帥嗎？高嗎？有錢嗎？」

「喂！妳不要那麼膚淺好不好？」我又瞪了她一眼。

「唉唷，這是我的擇偶三大要素，缺一不可的。」

曉萍從小就想要嫁入豪門，嚮往那種不知民間疾苦的少奶奶生活。雖然我曾很好心地勸她，提醒可能會有「一入豪門深似海」的悲慘生活，但她還是很天真，「深似海就深似海嘛！能夠在鈔票海裡游來游去，就算溺斃了，我也心甘情願。」

想不到事隔多年，她當初的宏願還是沒變。

「就是因爲這樣，所以妳拒絕了吳鄞勛？咦？可是，吳鄞勛他妹說他每天都去找妳耶！那女人該不會是在晃點我吧？」

「我沒有拒絕他，他也確實是每天都來找我。」我輕描淡寫地述說。

「哇……妳腳踏兩條船喔？難怪看起來這麼累。」她誇張地低聲叫著。

「妳有病喔？」我又送了她一個白眼，「我是那種能夠腳踏兩條船的料嗎？」

「嗯，的確，妳是沒有那種本錢。那妳……」

「我沒跟學長在一起，也沒有答應要跟吳鄞勛交往。」

「啊？這麼瀟灑？兩個都不要喔？」

「這關瀟灑什麼事？是學長不見了，而我又不想接受吳鄞勛的感情。」

「不見了？是跟別的女生跑了？還是妳想當人家第三者，打算來個橫刀奪愛，把人家嚇跑了？」

「喂！妳腦筋正常一點好不好？別老是說一些五四三的。」我無力地吼她。

「那不然妳學長幹麼要躲起來？」她又問。

「因爲我拒絕他了。」

「妳不是很喜歡他嗎？」她一臉不解的表情。

「我不知道我喜不喜歡他，只不過常會想到他這個人就是了。」我淡淡地說著，像在說別人的事情一樣。

「這樣就差不多是了啦！」曉萍邊說，邊舉起左手，瞄了一眼腕錶。

「幹麼？妳和別人有約喔？」我啜了一口奶茶後，問她。

「呃，算是，也不算啦……」她支支吾吾的。

「到底是不是啊？」我說過，我最討厭別人考驗我的耐性。

「我、我約了一個人。」她緊張兮兮的。

「幹麼這麼緊張？不會是妳暗戀的對象吧？」我好奇地盯著她緊張的臉。

「嗯，季曦，我們算不算好朋友啊？」

「廢話！套妳一句話，熟得都快爛了。」這麼問，該不會是要我幫她追夫吧？

喔？這我可好奇了，該不會她喜歡的對象，正巧也是我認識的人吧？

「可是我怕妳看到那個人，會昏倒耶！」

「又不是我喜歡的人，我幹麼昏倒？妳自己撐著點就好啦。別等一下『咚』一聲昏過去就好了。」

「我是撐得住啦，但我怕妳會撐不住。」

什麼意思？我越來越好奇對方是誰了。「到底是誰啦？」

「等一下他來妳就知道了。」她還在賣關子。

「妳跟他約幾點啊？」

「四點。應該快到了。」曉萍往樓梯口張望著。

瞧她那副緊張兮兮的模樣，我忍住笑，用吸管不停地在盛著冰奶茶的玻璃杯裡畫圈圈，繞成一個小小的漩渦。

想不到曉萍這個眼睛長在後腦勺的女人，也會有暗戀別人的時候，我倒要看看那個人是不是眞符合她的「擇偶三大要素」。

到了四點，有個人準時從樓下走上來，看到那人時，我也果然吃驚得說不出話。

居然是吳鄞勛！

「妳？妳、妳……」我的舌頭又打結了，想不到吳鄞勛居然是曉萍暗戀的對象。

他帶著笑，朝我們走過來。

曉萍臉上也漾著笑，但她的笑容裡有種大難臨頭的不知所措。

「江曉萍，謝謝妳。」吳鄞勛走到我們這桌，坐在我旁邊的空位上，揚著貴族般的微笑，對曉萍道謝著。

啊？什麼意思？謝謝曉萍喜歡他嗎？

我一頭霧水地盯著他們兩個人看。

「不客氣、不客氣，你們慢玩啊！我先走了。」說完，她站起身準備離開。

看曉萍要離開，我不經思索，一個箭步就衝過去拉住她的手臂，低聲問著：「搞什麼鬼啊？妳不是要跟他告白嗎？」

「我有說我要跟他告白嗎？」她反問我。

呃，好像沒有。

「是他叫我幫他約妳的啦！」她笑嘻嘻的，「既然灰姑娘等到王子了，那壞後母就要退場囉。」

說完，她又轉頭向吳鄞勛揮了幾下手，然後假裝無視於我的滿腔怒火，拍拍我的肩膀，說：「好好玩啊！」之後，便踩著逃命似的步伐，飛快地跑走了。

我如果能「好好玩」，我頭給妳！

好！江曉萍，妳帶種！居然敢背叛我，我跟妳槓上了！

我迫切地想知道，你現在的心情及生活。

31

「要去哪裡？」吳鄞勛微笑望著我。

我聳聳肩，「都好。」

其實現在的我，被那個叛徒萍搞得一肚子氣，根本哪裡都不想去。

「那就去新光三越逛逛吧！」他提議。

「好。」

不知怎麼的，一面對他，我就會變得很拙，一向伶俐的嘴，就像被人塞滿了東西一樣，一句話都吐不出來，也不知道怎麼拒絕他的邀約。

尤其一看到他略帶憂鬱的表情，就會變得很沒轍。

我們從一樓的名品館，一層一層逛到十三樓的文化會館，又從十三樓的文化會館逛回地下一樓的青少年館，然後在地下二樓的美食街解決晚餐。

吳鄞勛還是一樣不多話，在他面前的我，也是個沉默寡言的人，一點都沒有平日的活潑吵鬧，行爲舉止像個標準的淑女。

但是這樣的相敬如「冰」，卻讓我如履薄冰，提心吊膽、小心翼翼的，連大氣都不敢喘一聲，扮演著連我都覺得陌生的自己，堪稱是超高難度的演出。什麼時候，我才能像在阿澈學長面前一般，肆無忌憚地和他叫囂拌嘴呢？

「不知道是不是我的錯覺，我總覺得，妳在我面前好像很緊張耶！」吳鄞勛在嚥下一口牛肉麵後，優雅地面對我笑著。

我差點被口中的拉麵給噎到。

「沒、沒，咳咳……可能是不太……咳，不太熟吧！」說完，我又大咳了三聲。

「其實我想跟妳說的是，妳可以放輕鬆一點，我又不是什麼怪物，不會吃了妳，妳不要怕我。」

他的笑容還是一樣迷人，還是一樣會令我失神。

我突然想起江美琪有一首歌叫〈迷魂陣〉，有段歌詞是：「我走進愛情的迷魂陣，看見你迷人的笑容就會失神。」

一直以來，我都覺得一面對吳鄞勛，我就會變成歌詞中描述的樣子。

「好。」我心虛地點點頭。

唉，一看到他，我的手腳就會失控地直發抖，怎麼可能放輕鬆？

他又是從容一笑。

「等一下去看電影，好不好？」吳鄞勛的口氣淡淡輕輕的，像催眠曲。

啊？不好！我想回家找那個叛徒萍算帳啦！

「好！」我的腦已經控制不住我的嘴了。

只要在他面前，我就會亂了陣腳，做出一些連自己都莫名其妙的事。

現在，就算是對自己生氣也於事無補了，因爲我的嘴已經不由自主地答應他的邀約，所以只好任由他帶我往電影院的方向去。

到達戲院時，我們剛好趕上六點五十分的那場電影。

電影的片名我已經忘記了，因爲我想看動作片，但吳鄞勛沒有問我的意願，就自顧自地買了一部文藝片的票，然後才問我，「看這個好嗎？妳們女生應該都喜歡看愛情片吧。」

接著，又用他那充滿危險的迷人笑容誘惑我。

我能說不好嗎？我完全沒辦法開口對他說：「不好！我不想看這種哭哭啼啼的片子，我想看那種打打殺殺、不會讓人昏昏欲睡的動作片，你把票拿去換。」

這種話，我說不出口！

所以，只好撐著笑走進戲院，用一半的精神看片子，一半的精神偷偷打盹。

至於劇情是什麼，老實說，我眞的沒印象，因爲我不大看電影，認識的電影明星也有限，除了一些比較知名的像珊卓布拉克、茱麗亞羅勃茲、梅格萊恩、阿諾、布魯斯威利、史蒂芬席格之外，我一律不認識。

所以，如果問我片子是誰演的，對不起，我還是不知道。

終於撐了兩個鐘頭，走出戲院已經是九點多了。

我走在吳鄞勛後面，趁他不注意時，偷偷地打了一個哈欠，順便伸個小小的懶腰，又揉了揉我那快要閉上的眼睛。

就在下一刻，我那得靠牙籤撐開的雙眼，因爲突然出現在眼前的畫面而瞪大！

世界，是不是真的很小，小到連思念都無所遁形了？

32

回家途中，我一直呈現恍惚的狀態。

吳鄞勛在停紅綠燈時，轉頭跟我說了很多次話，我都沒有答腔，整個人亂得不得了，剛才在戲院門口看到的情景一直定格在腦海中。

怎麼會這樣呢？我居然在台南看到了阿澈學長！

那個一直躲著我，任由我在校園裡睜大了眼搜尋，也搜尋不到的阿澈學長！

那個一直避著我，任由我怎麼從佑齊學長口中套話，也套不出個所以然的阿澈學長！

那個一直纏著我，任由我怎麼趕，也無法將他的影像從記憶中驅趕出境的阿澈學長！

那個一直煩著我，任由我怎麼理，也無法將自己對他的感情理出個所以然的阿澈學長！

看到他的那一瞬間，我的血液在○．一秒裡全都衝往腦門，頓時失去了思考能力。

學長原先並沒有看到我，只是和站在他身邊，那個有張瓜子臉、肌膚白皙、大眼圓滾、長髮黑亮的美女談笑著。

那一刻的阿澈學長，是我所陌生的阿澈學長，他臉上掛著斯文親切的微笑，眼裡塞滿溫暖寬容的柔情，全身散發著一種迷人的書卷氣……那是我不曾熟悉的阿澈學長。

那一刻的阿澈學長，是能夠觸動我心弦的阿澈學長。

我不知道，是不是思念把一切的缺點都填平了，把他在我心目中的形象美化了，所以，我才會摒除舊見，發現他的美好？

就在我看見他的幾秒鐘後，學長也發現我了，臉上揉合著震驚與不可置信的表情。

他定定地望著我，那種眼神像是要把我的身影望進心裡、嵌進腦裡似的。

有幾秒鐘的時間，我們就這樣靜靜地對看著，誰也沒有說話，誰也沒有對誰微笑，誰也沒有向誰招手，就只是這麼靜靜地看著。

我不知道學長的感覺是怎麼樣，我只覺得自己的臉不可抑制地滾燙了起來，心裡像是有驚濤駭浪不停拍擊般，腦子裡亂哄哄的。

有種失落的心情，迅速包圍了我。

「季曦？」開口喚我的是吳鄞勛，不是我所期待能張口叫住我的阿澈學長。

我的腳像被石化，動也動不了；眼睛像被點穴一般，轉也轉不開。

「季曦？」

這一回，聲音又近了一些，然後，我感覺我的手臂被一個大大的手心握住。

「怎麼了？妳不舒服嗎？」吳鄞勛的臉湊到我面前，臉上塞滿關心。

「喔……」我像是突然被驚醒似地盯著他，「沒、沒事。」

「走了喔，時間不早了，我送妳回家吧。」吳鄞勛看見我呆滯的表情，忍不住笑了出來。

「好。」我輕聲應著。

然後，跟在吳鄞勛後頭，我一小步一小步地走著，心跳因爲離阿澈學長越來越近，而跳動得越來越劇烈。

和阿澈學長錯身時，我忍不住抬起頭看了他一眼，卻發現他同樣一瞬也不瞬地凝視著我。

那樣專注的眼神裡，有著深深的絕望，與一種類似透徹的覺悟。

我必須承認，那一剎那，我的心是很痛很痛的，像是有人將一支巨大的魚叉，用力插進我的心臟，然後狠狠地拉扯著……那種痛，是種讓人昏眩的痛！

我不想說我對學長完全沒有感覺，那根本是在欺騙我自己。

可是，如果說我愛他，又太誇大了些，因爲我對他明明還沒有那麼深的感情。

只是，在見到他身邊那個女孩子的片刻，心裡有種酸酸的感覺，像是整顆心被泡進濃度百分之百的純檸檬汁裡，酸得讓人想掉淚。

於是，在返家途中，我整個人都不對勁了。腦子裡全都塞滿了阿澈學長的影像，還有他失望的眼神。

想著想著，淚水又開始在眼裡翻滾了……

愛情

告訴我，這樣深切的喜歡，就是所謂的「愛」嗎？

自從那次在戲院門口碰到阿澈學長後，又過了十天。這些時間裡，吳鄞勛還是每天來找我；而阿澈學長的音訊依舊全無。

吳鄞勛並沒有問起我那天從戲院門口到返家途中的種種反常行爲，他還是一個勁地扯著笑，安靜陪著我，不多問也不多說。

這幾天，我總是過得心不在焉，整顆心恍恍惚惚的，好像浮在半空中，踩不到地面。阿澈學長的身影還是常常莫名其妙地在我腦裡蹦來跳去；學姊仍然一天到晚和佑齊學長出去鬼混，每天都很努力向我報告她套話的新招，但即使她再努力，還是一無所獲。

我沒有跟學姊提起遇見阿澈學長的事，因爲我不管怎麼想，都覺得似乎沒有說出來的必要，而且，即使說了，也不能改變既定的事實。

星期三晚上，學姊瘋到晚上快十二點才回宿舍，那時我剛洗完澡，披散著濕漉漉的長髮，走到客廳去倒水，正好碰到剛尋歡作樂完的倦鳥學姊。

「妳去喝酒了？」我皺著鼻，厭惡地盯著身上散發陣陣酒味的靜雅學姊。

「只……呃，喝了一、一點點，而已……」說完，學姊又打了一個酒嗝。

眞是臭死了！

「去睡覺、去睡覺。」我邊說邊架著學姊，要把她架回她的房裡。

「學妹，我、我跟妳說……」學姊的話變得比平常多很多。

「好好好，明天再說、明天再說。」眞是的，我對喝醉酒的人最沒轍了。

「不行！我一定要今天說。」學姊突然站住腳，轉身面對我，表情變得凝重。

「明天……」我再度走近她，伸手想去拉她，卻被她一掌打落。

痛死了！這個暴力女……

我用我可愛的右手，撫著我無辜的可憐左手。

眞是的！這個佑齊學長是怎麼搞的，居然讓學姊喝這麼醉，該不會他也是隻披著羊皮的狼，還是有顏色的那一種吧？

我急忙看看學姊身上的衣服，還好還好，衣著還算整齊，脖子呢？幸好脖子上也沒有開墾出草莓園。

「我說，我要今天說！」學姊任性地大喊，她這一叫，把文怡學妹也引出來了。

「好好好，妳說妳說。」我無奈地嘆著氣。

唉，這就是爲什麼我討厭喝酒的人了，因爲他們老會藉酒裝瘋，然後任性地強迫人家聽他們的高談闊論。不聽的話，他們還會來個一哭二鬧三上吊的把戲。

「我、我今天……呃，遇到了阿、阿澈喔……」

頓時，我的思緒又混亂了。

最近總是這樣，只要一聽到「阿澈」這兩個字，我整個人就會出現異常的化學反應。

「他帶著一個好、好漂……亮的女孩……呃……子喔。」學姊瞇著眼看著我，表情有些氣憤。

「我就走過去啊，然後甩了他一、一巴掌，接著就、就罵他，問他幹麼躲起來，像隻烏龜一樣，讓季曦找得、找得亂七八糟的。」

我莫名其妙地看著學姊，眞的是莫名其妙的。

我哪有找他啊？好吧，我承認，雖然很希望能在學校的某個角落，和他來個不期而遇，就像從前那樣，可是我並沒有說出口，也應該沒有表現出我想遇見他的那種心情啊！

「然後，我、我就拉著佑齊學長去喝酒了。眞的是氣死我了，學妹，那個女的，比妳漂亮一百倍耶！難怪、難怪阿澈會選她……」學姊還不忘長他人志氣，趁機損我。

那個女生，不會就是我在台南看到的那個女生吧？

「學妹，聽、聽學姊一句話，趁那個女人還沒有把阿、阿澈迷得七葷八素之前，快把學長搶回來！我、我看得出妳很喜歡阿澈，真的……」

說完，學姊重重地往我肩上用力一拍，像是在鼓勵我似的，然後，才拖著不平穩的步伐，一步一步往她的房間走去，邊走還邊說：「不快點，妳會……後悔、後悔到死。」

目送學姊回到房裡，我抬眼瞥了一下文怡。

「學姊，加油。」文怡丟給我一個充滿鼓勵的笑容。

「妳也覺得我喜歡他？」怎麼我還看不清自己的情感歸屬，旁人卻早已看透？

文怡用力地點了下頭。「嗯！而且，學長也很喜歡妳啊！所以，學姊妳要加油，我們都會支持妳的。」

看著文怡甜美、乾淨的笑臉，我迷惘了……

失去你，我的世界瞬間變得殘缺，不再完整。

34

失眠了一整晚，我的熊貓眼又變得更加明顯。

我想，我到底還是變成「愛情呆頭族」的一員，又開始為那些混亂煩人的感情事件失眠睡不好了。

一整個晚上，我腦子裡不時有兩張臉交替出現，彼此拉鋸拔河。

忘了是哪張臉出現的次數比較多，早知道就該拿張紙記錄一下，看誰得到的「正」字比較多，這樣也才知道自己喜歡的到底是誰。

唉！煩死人了啦！

星期天就要給吳鄞勛答覆了，可是，到目前為止，我的心裡還是沒有答案。

我坐在書桌前發呆，手上的筆胡亂在紙上畫著。

唉唉唉，眞煩。

「學姊，妳的書店會員卡借我，好不好？」文怡學妹一聲不響地走進我房間，嚇了我一跳。

「好。」我煩得連罵人的力氣都沒有了。

打開書桌右邊的抽屜，我試著從那堆亂七八糟的雜物中翻出丟在裡面的卡片。突然，一只深藍色的絨布扁盒吸引了我的目光。

我把會員卡拿給學妹後，才取出那只絨布盒。

打開盒蓋，我把放在盒裡的手環拿出來，然後不加思索就將它戴在手上。

這是阿澈學長送給我，而我一直沒有機會還給他的禮物。原來，將它戴在手上，比放在盒裡要漂亮得多了！

不知怎麼的，我的眼眶竟然濕熱了起來……

我開始強烈地想念著阿澈學長，那種酸澀的思念，是以前從來沒有過的，就像是魚脫離了水面，困在乾涸的灘上，然後強烈想念大海懷抱一樣地深沉。

眼淚撲簌簌地滾了下來，這一發竟不可收拾了。

如果現在我向他承認我的心意，他會接受嗎？

如果現在我願意奔向他的懷裡，他會抱緊我嗎？

如果……

「如果」畢竟只是假設性的詞語，現實的眞相，才是我們最不可違抗的殘酷。

我很笨，到現在才發現，原來他在我心中是與眾不同的，輕易地就能牽動我的心情，營造讓人迷惑的氣氛。

爲什麼總是要在失去後才能夠看清一切？

而今，即使再怎麼喜歡，我卻再也沒有勇氣，移動腳步向他邁進了。因爲他的身邊，已經有了別的女孩，佔據了他一直爲我保留的位置，曾經垂手可得的幸福，已經不再屬於我了。

淚水越掉越多，像是一種感情的釋放……我才明白，原來這樣的喜歡已經根深柢固，到了連自己都很難自拔的境界了。

於是，所有分離後的思念及不安，驟然間都有了答案。

不可否認，我還是喜歡吳鄞勛的，但那樣的喜歡，卻再也不是男女間的喜歡，只是一種延續著習慣的愛慕，像是在一個既定的框框裡，不斷畫著圈圈，畫著畫著，動作變成一種習慣性，卻再也沒有當初的新鮮及眞心了。

當一份感情變成一種習慣，那是多可怕的一件事啊。

「學妹，我跟妳說，我……」學姊門也不敲，直接就走進我的房裡。

啊，糗了，被她看到我掉眼淚了……

我用手背胡亂地抹著眼，然後，慌亂地丟給她一抹微笑。

「啊！妳、妳在哭啊？」學姊滿臉驚訝。

我俩惶地笑了一下，淚水卻又溢了出來。

「怎麼啦？怎麼啦？」學姊緊張地拉住我的手。

我搖搖頭，越想裝做沒什麼事，表情就越糟糕。

「是阿澈的事？」學姊瞄見了我手上的手環。

事到如今，我也不想再隱瞞了，不想再騙別人，也不想再騙自己了，於是，我無力地點點頭，淚水掉得更多更急。

學姊從我床頭櫃上抽了幾張面紙塞給我。

「每個人都有追求自己幸福的權力，當初，阿澈學長爲了他的幸福，所以想盡辦法追求妳，妳因爲沒感覺，所以拒絕他的追求。但是，現在妳發現自己喜歡他了，妳也可以去追求妳的幸福啊！去跟他告白，他會接受的。」

一向呆頭呆腦的靜雅學姊，難得說出這麼有道理的話，把我唬得一楞一楞的。

可是，這要叫我怎麼說呢？學長身邊已經有了另一個女生了啊！也許這正是他所追求的另一段幸福，我怎麼能在幸福的稚芽初萌時，狠心地用我的大腳踩扁它呢？我不想做扼殺別人幸福的凶手！

「可是，他身邊已經有一個女生了……」我低喃著。

「啊？妳、妳怎麼知道？」學姊一臉踩到大便的表情。

「妳那天喝醉酒說的，而且，我在台南，也看過他們兩個人一起去看電影……」

如今，說起這件事，心裡還是會有種酸酸澀澀的難過。

然後，學姊和我都陷入令人窒息的沉默中……

愛情

愛情啊，是不能那麼輕易就被證明的，所以，我們總在求證的過程中，遺失了幸福的可能。

35

「學妹，」沉默了大約兩分鐘後，靜雅學姊清了清喉嚨，接著又開口：「我還是覺得妳可以跟他告白。」學姊的話語中，有著不容分說的堅定。

「可是……」

「妳有點志氣好不好？連自己的幸福都沒勇氣把握，那幹麼要愛？阿澈承認那個女生是他女朋友了嗎？妳好歹也去向他本人求證一下，不要連問都不問，說不定他們只是普通朋友而已，就算妳沒有告白的勇氣，至少也要有求知的精神吧？」學姊說得頭頭是道。

「但是……」我還想開口，就又被學姊打斷了。

「去問他嘛！看他怎麼跟妳說，如果他跟妳說那是他女朋友，他不再喜歡妳了，妳再放棄也不遲啊！一件事可以有很多面，但眞相只有一個，我們都不想妳只看到表面，就被唬得團團轉，而沒有眞正去了解可能與表面截然不同的眞相。」

眞不愧是高材生，雖然總是有學科會被死當，但講出來的話倒還挺唬人的。

只是，眞的要去問學長嗎？

我擔心的不是被他拒絕，而是那與表面一致的眞相。

我想，我是很難去承受那個眞相的，雖然早有心裡準備，但多少還是會受到衝擊。

「怎麼樣？要不要我幫妳約他？」學姊見我不說話，又開口問我。

我想了一下，搖著頭。

「不用了，我想還是算了。而且，我同學也在等我的答覆呢。」

我想起吳鄞勛，再三天，我就要告訴他答案了。

雖然我現在處於完全茫然的狀態，但吳鄞勛到底還是我曾經喜歡過的人，也許，在一起之後，可以慢慢忘掉對阿澈學長的感情，然後，找回對吳鄞勛的感覺，也同時找回幸福。

「妳同學？」學姊見鬼似地怪叫：「那個半生不熟的國中同學？」

我虛弱地點點頭。

是的，就是他。

「妳腦袋壞啦？他哪裡好啦？除了比阿澈帥一點之外，還有什麼地方好？有阿澈風趣幽默嗎？有阿澈溫柔多金嗎？有阿澈學識淵博嗎？有阿澈懂妳疼妳嗎？有阿澈……」

沒有、沒有，都沒有！他沒有學長的風趣幽默，他靜得像呆立在公園裡的雕像一樣；

他沒有學長的溫柔多金，不會像學長一樣關心我有沒有胃口，不會像學長一樣送一些別出心裁的禮物；他沒有學長的學識淵博，也許是我還沒有發現，也許他是屬於那種「曖曖內含光」的男生；他沒有阿澈學長懂我，他總是分不清我的乍然沉默，是因爲心情不好，還是單純地發呆……

原來，阿澈學長是用這樣的方式在愛著我！他的愛，也許曾讓我適應不良，但是他卻一直試著取得平衡，希望能夠讓我自在地被愛。

我不能否認他的用心程度，及他愛我的深度。

學姊說著說著，又引得我想掉淚了。

爲什麼我會傻得放棄一個這麼懂我、愛我的男生呢？

如果早一點聽佑齊學長的話，或是學姊的殷殷勸導，那麼，這些錐心泣血的感覺，其實都是可以避免的，不是嗎？

如果那一天晚上學長來，我沒有把他趕出去，然後故作堅強地猛然關上可以通向他心裡的那扇門，那麼，這些酸楚的淚水，其實都是不必要的，不是嗎？

可是，我已經錯過了；錯過了，便再也沒有回頭的機會了。

我學不來當別人情感的劊子手，學不來在別人幸福的領域上，插上一腳，壞了原本幸福應該有的模樣。

所以，捨棄是必須的結果。

「學姊，也許妳說的沒有錯，但是，我已經錯過一個幸福的可能了，所以，我不想再錯失另一個可能的幸福……」

這句話，是拌著我淒楚的淚水，和心底的酸痛說完的。

我發現，最近的我變得愛哭了。

36

星期六晚上，我打了一通電話給吳鄞勛，約他星期天早上十點在大安森林公園碰面，我要帶著我的答案去見他。

吳鄞勛輕聲允諾，口氣中，聽不出任何情緒。

下這樣的決定，是經過一番深思熟慮之後，才讓答案漸漸具體浮現的。對於這個我曾經用好長一段青春歲月愛慕著的男生，心裡的感覺還是很複雜的。所幸，到了星期天，一切的掙扎都會明朗化。

想著想著，房裡的電話乍然響了起來。

我躺在床上，伸手去抓放在床邊的話筒。

「喂？」我有氣無力地應著。

電話那頭卻沒有任何聲音。

「喂喂？」我又叫了兩聲。我該不會倒霉得接到變態電話吧？可是電話那一端並沒有傳來令人噁心的喘息聲啊。

「……是我。」

我差點從床上滾下來，居然是阿澈學長！

在聽到他聲音的那一刻，所有的思念都排山倒海般席捲而來，我這才知道，原來我竟是那麼想念他，想得連聽到他的聲音都會想哭。

「學、學長……」我口齒不清地喊著。

這一瞬間，我好像突然懂得什麼是「狂喜狂悲」了。

「妳好嗎？」學長的聲音，依然漫著淡淡的溫柔。

我很想說「不好，爲什麼你不再堅持對我的感情了？沒有你，我怎麼可能會好得起來」，但我卻說了一個與事實完全相反的答案，「不錯。」

「聽得出來。」學長的口氣漫著笑意，我彷彿可以想像他扯著笑的模樣。

「怎麼想到要打電話給我？」我努力鎮定自己一直微微顫抖的身體。

「嗯……很久沒有聽到妳的聲音了，打電話來問候妳一聲。」他的口氣裡還是有著不容忽視的關心。

「喔。」我呆頭呆腦地應了一聲。

「妳，呃……」學長突然住嘴了。

「怎麼了？」

「妳現在、現在，還、還和那個人在一起嗎？」學長問得小心翼翼。

我的血液彷彿瞬間凝結了。

你在乎嗎？在乎我現在在誰的懷裡，在乎我現在過得快不快樂嗎？

「我……」我深吸了一口氣，「明天要去給他答覆。」

「什麼意思？」學長問。

「我和他還沒有正式交往，他給我一個期限，要我在期限內給他答案，明天是最後一天。」

學長沉默了，似乎在思忖著什麼。

「不去……行嗎？」一分多鐘後，學長再度開口。

我的心臟因爲聽到他這句話，差點蹦跳出來，「爲什麼？」

「因爲我喜歡妳，所以，妳不可以去。」

第一次，學長用如此霸氣的口吻對我說話。

「可是，你不是有女朋友了？」說著說著，我的心裡又不可抑制地難過了起來。

「誰跟妳說的？」學長反問。

「我自己看到的。」看他跟那個女生講話的親暱模樣，叫我怎麼說服自己說他們沒有特別的關係？

「我和她，不是妳想的那樣。」

他的話，把我震懾住了。

「啊？」我極不眞切地哼了一聲，好像他說的是外星語，而我完全聽不懂一樣。

「我說，我跟她，不是男女朋友，她只是和我從小一起長大的青梅竹馬，是好哥兒們，沒有男女之間的那一種喜歡。」學長怕我聽不懂似的，一字一句地說著。

這一刻，我居然開心得又想掉淚了，像是被困在海面上，瀕臨滅頂的人看到救援船隻一般的心情。

但是隨之，我又想起了吳鄞勛……

你總是能夠輕易地挑起我的思緒起伏、掌握我的喜悲。

37

星期天一早，我在陽光很好的天氣裡，騎著我跟靜雅學姊「強借」來的機車，前往大安森林公園。到的時候才九點四十五分，我想我是早到了些，但沒想到，吳鄞勛卻早就在我們約定的地方等我了。

「嗨！」他對著我綻放滿足溫暖的笑。

「嗨。」我也報以微笑。

「其實我還滿緊張的。」想不到我的白馬王子會對我說出這樣的話。

我只是笑，沒有回話，其實，我自己也緊張得要命。

早上要出門時，學姊硬是不肯把機車借我，她說她才不想「助紂爲虐」。

我發現她總是把成語用在不對的地方！

學姊跟阿澈學長似乎是一個鼻孔出氣的，她覺得我沒有來見吳鄞勛的必要，因爲，阿澈學長是更值得我珍惜把握的人。

可是，我不能當一個食言而肥的人，所以我還是來了。

我們找了一個有樹蔭的地方坐下。

「好了，妳可以告訴我答案了吧？」吳鄞勛的笑容裡，滲著些緊張的氣息。

我揚著笑，心裡卻想著阿澈學長。

昨天晚上，學長在電話裡一直央求著，要我別跟吳鄞勛見面，他說，他要在同一個時間裡，約我在學校的圖書館門口碰面。

但是，我還是選擇來到大安森林公園，親自爲吳鄞勛帶來我的答案，卻不管一直痴痴守候著的阿澈學長。

我從背包裡，取出一封摺得四四方方的信，交給吳鄞勛。「在這裡面，有我的答案。」

吳鄞勛伸手取走我手上的信時，不經意地碰觸到我的手，他的指尖冰冰冷冷的，像冬夜裡的冰棒一樣。

他小心翼翼地把信放在自己襯衫左側的口袋裡。

「吳鄞勛，我想告訴你一句話。」天知道，我的心跳因爲緊張都快要停止了。

「好，妳說，我在聽。」吳鄞勛的神態像個王子般從容。

「我想謝謝你，謝謝你這麼用心地對我好，這麼用心地把快樂散播在我的生命裡，這麼用心地付出自己的感情，以後，也請你多多指教了。」

在心裡，我有種如釋重負的輕鬆感。

吳鄞勛點點頭，也毫不吝嗇地送給我一個開朗的笑。

然後，我站起身來。「那我要走了，我還有事。」

「好。」吳鄞勛還是點頭。

我看見了他眼裡的不捨。

「再見。」我朝他揮揮手，然後，快步跑向我停放機車的地方。

我跑得很急，急得差點跌倒，我必須快點趕到圖書館，好把學長送我的手環還給他。

如果一切都該結束的話，我也希望結束得更徹底一些，不能留有任何脈絡，不能讓自己的心輕易地被挑動……

你說，不要在意周圍的一切，只要直直地朝你走去就好。

38

到達校門口，已經是十一點零八分了。

我上氣不接下氣地奔向圖書館，手上握著的，是阿澈學長送我的手環絨布盒。

終於，我看到阿澈學長了，他一個人垂頭喪氣地坐在館前的階梯上，從我的角度看去，看不到他任何表情。

我努力地穩住呼吸，然後，輕步走近他。

似乎是一種心電感應，阿澈學長在我才踏出第三步時，轉頭往我的方向看來。

瞬間他呆楞住了，表情變得痴痴傻傻的。

看到他，我的心跳還是習慣性地亂了頻率。

「妳終於來了。」學長咧著嘴，扯著笑，還是我習慣的模樣，還是我認識的笑容。

我點點頭。是的，我來了，來把你送我的高貴禮品退還給你。

「我還以爲妳不會來了……」

是誰說過「男兒有淚不輕彈」的？在我面前的阿澈學長，居然眼眶一紅，即刻就流下了兩行清淚，是因爲太高興，所以喜極而泣了？

「妳讓我等好久了。」

站在我面前的，是我一直想要見一面的學長，是曾經把我的心情弄得很糟的學長，是曾經讓我哭得亂七八糟的學長……

我突然有種不眞實的感覺。

於是，我伸出手，掐了學長的手臂一下。

「好痛！學妹，妳幹麼捏我？」學長撫著他無緣無故遭受迫害的手臂。

「我只是想確定自己是不是在做夢，還好不是！」於是，有一朵笑容，慢慢自我嘴邊綻開來。

「那也不必捏我啊！」學長哀怨地看了我一眼。

「我不想痛了自己的手。」我自私地說著。

「算了！與其被妳遺棄，倒不如就讓妳這樣欺負一輩子來得好。」

我低下頭，看著手上那只絨布盒。

學長順著我的眼，也看見了我握在手裡的東西。

「這個……」阿澈學長的口氣裡充滿疑問。

我很快地抬起眼，瞄了他一下，看見他面如死灰的表情。

「學長，這個，是拿來還你的。」

學長突然不說話了，神情變得嚴肅，收起笑容。久久，他才開口打破沉默。

「什麼意思？」口氣中，夾帶著一絲冷冽的氣息，寒得徹骨。

「學長，你還記得你寫給我的那張紙條嗎？紙條裡寫著：『我的心裡有組尚未被解開的密碼，那條手環和妳，是解開這密碼的唯一鎖匙，當妳戴上它，走近我的時候，密碼便會被破解，而妳將會得到我永不離棄的一顆心。』」

學長點點頭，「我怎麼會不記得？爲了寫那幾個字，我揉掉了幾十張紙，就是希望那些字句能感動妳，能夠把妳那顆驛動的心牽引到我身邊，可是，妳終究還是飛出去了，不管我花了多久時間等待，結果還是只能遠遠看著妳，連一步的距離都跨不出去……」

我看見了學長眼中的淒楚，但是，我還是把這只深藍色的盒子塞回他的手中。

在給答案的同時，我也需要明白對方的回應。

如果步向幸福之前，必須先經歷艱厄困苦，那麼，為了你，我是什麼都可以無所謂的。

39

當我和阿澈學長手牽著手出現在我的宿舍門口時，靜雅學姊和佑齊學長兩個人就像是看熱鬧廟慶般興奮。

「你們、你們……哇啊！喂，我有沒有眼花啊？」學姊像統一發票中了兩百萬一樣，興奮得揪著佑齊學長的衣領直晃。

「喂喂喂！女人，我、我快窒息了啦！」佑齊學長扯著喉嚨喊。

「快說快說，你們是怎麼在一起的？」學姊蹦蹦跳跳地衝到我面前，抓住我的手亂晃一通。

「喂喂，妳不要那麼粗魯地搖我老婆的手。」阿澈學長看不下去，大力朝靜雅學姊的手打下去。

「喂！雖然你是我兄弟，但也不可以欺負我的女人啊！」這回換佑齊學長跳出來說話了。

這是我第一次看見他們兄弟鬩牆，有點好笑。

「喂，是你女人先碰我老婆的耶。」學長義正詞嚴。

「那是她們女人的事，你一個大男人，插什麼手啊？」佑齊學長反駁他。

「我老婆的事，就是我的事！」阿澈學長大義凜然地說著。

「你這個見色忘友的大色鬼，現在有了女人，就忘了我們對著廁所盟誓的兄弟之情啦？」

「我才沒有忘記我們的兄弟之情。」

「早知道你是這種人，當初就不應該幫你的忙，害得我好說歹說的，要我的女人犧牲，硬是喝了幾杯酒，然後藉酒裝瘋，幫你跟季曦說出那些話……」

「什麼意思？」我聽得一頭霧水。

「呃……」阿澈學長吞吞吐吐的，一句話也說不出來。

「到底是什麼意思啊？」我不解地看著他們大家，我怎麼覺得，好像所有的人都隱瞞了我什麼。越看越可疑。

「好啦！跟她說沒有關係啦，反正他們現在都在一起了。」學姊看著我，接著開口說了起來：「妳還記不記得我那天喝得醉醺醺的，然後拉著妳說我遇見阿澈學長和那個女生的事？」

我點點頭。

「其實那是我們騙妳的，因爲我們覺得一定要有人點醒妳，不然妳一個人在那裡耍笨，根本看不見我們大家的用心。所以，那天晚上我們三個就說好了，要合演一齣戲，然後，我就被推出來喝了一點酒，讓身上全是酒味，再假裝醉醺醺地拉著妳說那堆話，看看妳會不會因此而被我們點醒。還好，妳果然是不負眾望。」

我睜圓了眼，看著他們三個人。這麼說，我又被設計了，是吧？

「季曦，對不起喔！妳不要生氣，其實我們也不是故意要騙妳的，只是覺得既然要下藥，不下猛一點，是看不出效果的……妳別生氣喔！」學長輕聲哄著我，然後不顧另外兩對眼睛正在看，在我臉頰上印下一記吻。

「對嘛！學妹，我們這麼做，是在幫妳找回妳應得的幸福耶！沒有功勞，也有苦勞吧？而且，滴酒不沾的我，還爲了妳破戒，喝了幾口難喝得要命的生啤酒呢！」

「對啊！我女朋友這樣犧牲奉獻，妳就別生氣了吧！」

他們你一言我一語地爲彼此脫罪，在這種情況下，叫我怎麼氣得起來？

「好！我不生氣，不過……」我扯著詭譎的笑。

「不過怎樣？」阿澈學長先開口。

「不過，阿澈必須爲你們的欺騙行爲付出代價。」我睨了站在我身邊的阿澈一眼。

「那有什麼問題！是吧，阿澈？」佑齊學長一臉慷慨就義的表情。

「啊？我、我能說什麼？」阿澈學長一臉驚慌。

「說出妳的條件吧，學妹。」靜雅學姊迫不及待地開口問著。

「幫我做一整個學期的報告。」我得意洋洋地睨著阿澈學長。

「那有什麼問題？喔？是不是啊，阿澈？」佑齊學長事不關己地大聲嚷嚷著。

我看見阿澈學長逐漸鐵青的臉。

「你當然沒問題，有問題的是我耶！你懂什麼？」阿澈學長氣急敗壞地吼回去。

整間宿舍瞬間鬧哄哄的，那樣熱鬧的氣氛，也引得我笑開臉來了。

如果這就是幸福的模樣，那麼，我是不是可以用防腐劑，讓這樣的幸福永久保持，永不腐壞？

原來，幸福就在你我身邊垂手可得的地方。

40

夜裡，我和阿澈相偎著，坐在淺水灣的沙灘上，學長將我抱在懷裡，喃喃地在我耳邊低語。

學姊和佑齊學長又去散步踩浪了。

我想起白天在圖書館前發生的那些事……

「拿去吧，這是你的手環。」我把絨布盒塞回他的手上。

「妳……還是不願意接受嗎？」學長的淚，無聲無息地落下。

「學長，我怕我做不到你預期的那樣，不能成爲你的鑰匙，解不開你心中的那道密碼。」我低下頭，不忍心看見學長傷心的模樣。

「可是，妳是唯一的那把鑰匙啊！誰也無法取代妳！」

「那麼，你願不願意親手替我戴上那只手環，然後，指引笨笨的我，去豐富你的生命？」我用他聽得到的聲音，輕輕呢噥著。

「妳說什麼？」學長不可置信地反問我一遍，眼睛睜得又圓又大。

我知道，他聽見我的請求了。

「好話不說第二遍。」我捉弄著他。

然後，我看見學長手忙腳亂地打開盒蓋，取出手環，顫抖著將手環套在我的腕上。

戴好後，學長還是不敢相信地又開了口：「妳真的願意嗎？」

我不說話，只是直勾勾地盯著他看。

然後，就在他又要開口的當下，我的唇封住了他的口，蜻蜓點水似地印上了一記吻。

「是的，我願意。」我像是在教堂裡，對著即將成為自己另一半的男人宣誓著。

接著，我在阿澈學長的懷裡，嗅到了幸福的味道……

「妳今天不是去見妳同學嗎？」學長呼吸的氣息，逗弄得我脖子上一陣癢。

「嗯。」我哼著。

「那妳怎麼跟他說啊？」

「我沒有跟他說什麼啊，我只是拿了一封信給他。」

「喔？內容是什麼？」

「嗯……我想一下。」我故意賣關子。

「別裝傻，快說，不然我哈妳癢喔！」學長語帶威脅。

說著，他竟眞的開始搔我癢。

「哈哈！啊！我說、我說！」我求饒地大叫。

「快說。」

「我跟他說，我很喜歡他，但是這樣的感情卻不是愛情，因爲即使是深深的喜歡，終究也只是喜歡，不是愛，所以，我想要跟他做一輩子的好朋友。沒了。」說完，我裝可愛地對著學長眨眨眼。

「嗯！就好像我對妳的是一種愛，不只是喜歡而已，而愛不管再怎麼淡，終究還是愛，是比深深的喜歡更深的感情，對不對？」

我點點頭。「那你對我的，是深深的愛，還是淡淡的愛？」

「笨蛋，這還用問嗎？如果不深，怎麼會這麼痛苦呢？」

「我又沒有看到你痛苦。」

「因爲我太愛妳啦！所以，寧可自己承擔一切，不要妳跟我受一樣的苦，也不讓妳看見我的低潮，同情我、爲我心疼，我不想妳有任何一點點難過的可能！」

學長噁心巴拉的話，聽在我耳裡，還挺窩心的！

「啊！流星，快許願。」夜空中，一抹燦爛掠過，這是我生平第一次看到流星呢！

等我許完願後，抬起眼，卻看進學長睜圓了的大眼。

「你有沒有許願啊？聽說對著流星許願，願望都會成眞耶！」我完全沒根據地說著。

「我就是妳的流星。」學長突然沒頭沒腦地冒出這句話。

「啊？」

「我說，我是妳的流星，所以，妳只要向我許願就好了，所有的願望，我都會幫妳達成的。」

在他眼裡，我看見了雋永的情感，還有幸福的模樣。

我突然想起一段話：「高空飛翔的愛情，總是容易孤單，因爲飛得太高，反而看不清幸福的模樣。低空飛翔的愛情，卻常會遇見幸福，因爲幸福常常就在你我身邊垂手可得的地方盤旋。」

如果可以，我一定要把你這顆流星，永遠握在手心，不再隨意丟棄……

從你眼中，我看見了幸福最原始的面貌。

【全文完】

國家圖書館出版品預行編目資料

低空飛翔的愛情／Sunry 著. --.初版.-- 台北市；商周，城邦文化出版；家庭傳媒城邦分公司發行
民 97
面　；　公分. --（網路小說；106）

ISBN 978-986-6662-24-9（平裝）

857.7　　　　97002999

低空飛翔的愛情

作　　者／Sunry
總 編 輯／楊如玉
責任編輯／陳思帆

發 行 人／何飛鵬
法律顧問／元禾法律事務所　王子文律師
出　　版／商周出版
台北市中山區民生東路二段 141 號 9 樓
電話：(02) 2500-7008　傳真：(02) 2500-7759
email：bwp.service@cite.com.tw
發　　行／英屬蓋曼群島商家庭傳媒股份有限公司城邦分公司
聯絡地址：台北市中山區民生東路二段 141 號 2 樓
書虫客服服務專線：02-25007718・02-25007719
24 小時傳真服務：02-25001990・02-25001991
服務時間：週一至週五 09:30-12:00・13:30-17:00
郵撥帳號：19863813　戶名：書虫股份有限公司
讀者服務信箱 email：service@readingclub.com.tw
歡迎光臨城邦讀書花園　網址：www.cite.com.tw
香港發行所／城邦（香港）出版集團有限公司
地址：香港灣仔駱克道 193 號東超商業中心 1 樓
email：hkcite@biznetvigator.com
電話：(852)25086231　傳真：(852) 25789337
馬新發行所／城邦（馬新）出版集團
Cite (M) Sdn. Bhd.41, Jalan Radin Anum,
Bandar Baru Sri Petaling,57000 Kuala Lumpur, Malaysia.
電話：(603)9057 8822　傳真：(603) 9057 6622
email:cite@cite.com.my

版型設計／小題大作
封面插畫／文成
封面設計／洪瑞伯
電腦排版／浩瀚電腦排版股份有限公司
印　　刷／鴻霖印刷傳媒事業有限公司
總 經 銷／聯合發行股份有限公司
電話：(02)2917-8022　傳真：(02)2911-0053
地址：新北市 231 新店區寶橋路 235 巷 6 弄 6 號 2 樓

■ 2008 年（民 97）3 月 6 日初版　　Printed in Taiwan
■ 2017 年（民 106）12 月 5 日初版 6.5 刷

城邦讀書花園
www.cite.com.tw

定價／180 元

ISBN　978-986-6662-24-9

廣　告　回　函
北區郵政管理登記證
台北廣字第 000791 號
郵資已付，免貼郵票

104 台北市民生東路二段 141 號 2 樓

英屬蓋曼群島商家庭傳媒股份有限公司　城邦分公司

請沿虛線對摺，謝謝！

書號： BX4106	書名： 低空飛翔的愛情	編碼：

請於此處用膠水黏貼

讀者回函卡

謝謝您購買我們出版的書籍！請費心填寫此回函卡，我們將不定期寄上城邦集團最新的出版訊息。

姓名：________________ 性別：□男 □女

生日：西元________年________月________日

地址：________________

聯絡電話：________________傳真：________________

E-mail：________________

學歷：□1.小學 □2.國中 □3.高中 □4.大專 □5.研究所以上

職業：□1.學生 □2.軍公教 □3.服務 □4.金融 □5.製造 □6.資訊

□7.傳播 □8.自由業 □9.農漁牧 □10.家管 □11.退休

□12.其他________________

您從何種方式得知本書消息？

□1.書店 □2.網路 □3.報紙 □4.雜誌 □5.廣播 □6.電視

□7.親友推薦 □8.其他________________

您通常以何種方式購書？

□1.書店 □2.網路 □3.傳真訂購 □4.郵局劃撥 □5.其他______

—

您喜歡閱讀哪些類別的書籍？

□1.財經商業 □2.自然科學 □3.歷史 □4.法律 □5.文學

□6.休閒旅遊 □7.小說 □8.人物傳記 □9.生活、勵志 □10.其他

對我們的建議：________________

____

____

____

請於此處用膠水黏貼